心桥永恒

——中国港珠澳大桥启示录

喻季欣 著

SPM
南方出版传媒
广东人民出版社
·广州·

图书在版编目（CIP）数据

心桥永恒：中国港珠澳大桥启示录 / 喻季欣著. —广州：广东人民出版社，2019.7

ISBN 978-7-218-13423-9

Ⅰ.①心… Ⅱ.①喻… Ⅲ.①报告文学—中国—当代 Ⅳ.①I25

中国版本图书馆CIP数据核字（2019）第045151号

XINQIAO YONGHENG：ZHONGGUO GANGZHUAO DAQIAO QISHILU

心桥永恒：中国港珠澳大桥启示录

喻季欣 著

出 版 人：肖风华

责任编辑：梁 茵 廖志芬
责任技编：周 杰 周星奎

出版发行 广东人民出版社
地　　址：广州市新港西路204号2号楼（邮政编码：510300）
电　　话：（020）85716809（总编室）
传　　真：（020）85716872
网　　址：http://www.gdpph.com
印　　刷：广东鹏腾宇文化创新有限公司
开　　本：787mm×1092mm　1/16
印　　张：16.5　插　页：16　字　数：170千
版　　次：2019年7月第1版　2019年7月第1次印刷
定　　价：68.00元

如发现印装质量问题，影响阅读，请与出版社（020-85716849）联系调换。
售书热线：（020）85716826

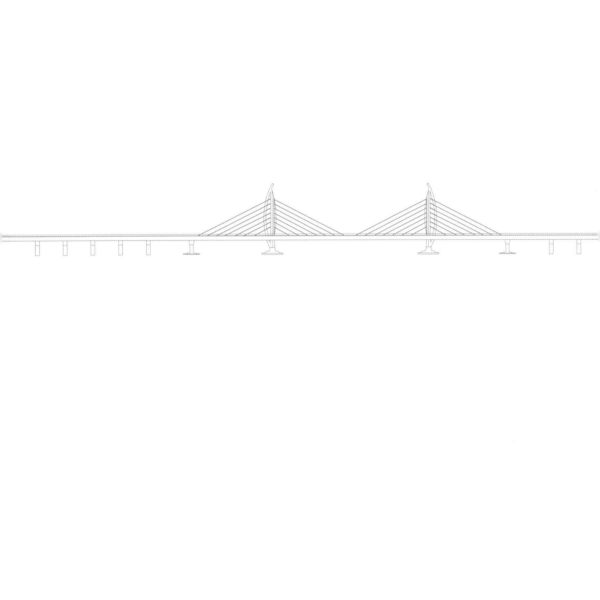

港珠澳大桥建设现场

目 录

定格于新时代

"我宣布：港珠澳大桥正式开通！"

2018年10月23日上午10时许，中共中央总书记、国家主席、中央军委主席习近平出席在广东珠海举行的港珠澳大桥开通仪式时如此庄重宣布。

万众期待，世界瞩目。

历史绵延、时代奇迹，精彩常常一瞬间。

这一瞬是文明智慧的凝结，这一瞬是人类创造的焕发，这一瞬是历史的里程碑。

港珠澳大桥跨越伶仃洋，东接香港特别行政区，西接广东省珠海市和澳门特别行政区，总长55千米，是粤港澳三地首次合作共建的超大型跨海交通工程。

圆梦桥、同心桥、自信桥、复兴桥。

港珠澳大桥正式开建于2009年，两百多家施工单位、两万多名建设者和上千名科技工作者奋战九载建造而成。大桥集桥、岛、隧于一身，其中海底沉管隧道6.75千米，由桥中东西两个人工岛连接并实现桥隧转换。这一世界跨海交通"超级工程"，被誉为世界桥梁建设的"珠穆朗玛峰"，被英国《卫报》评为"新世界七大奇迹"之一。

奇迹诞生在建设者手中，定格于中国"智造"新时代。

奇迹诞生在伶仃洋上，定格于民族复兴新时代。

让我们摄取港珠澳大桥建设那些精彩瞬间，感受中国人民迸发出的创造伟力，翻阅这一载入我们新时代史册的崭新篇章，撷取这一世界奇迹的启示。

第一章
珠联璧合

往事越千年。

东汉史学家班固，在他编撰的二十四史之一《汉书·律历志上》中写道："日月如合璧，五星如连珠。"一个美好成语由此流传而铭刻于中华民族心中：珠联璧合。

港珠澳大桥是"一国两制"引领下，港珠澳三地首次合作建设的大型跨海交通工程。它以公路桥的形式起于香港大屿山，西向伶仃洋经青州桥、江海桥、九洲桥，最后分成Y字形，一端连接广东省珠海市，一端连接澳门。大桥工程由三部分组成：海中桥隧主体工程，香港、珠海、澳门三地口岸和香港、珠海、澳门三地连接线。大桥主体工程由粤港澳三方共建，三地口岸和连接线工程由三方各自负责建设，成为粤港澳大湾区示范性先导项目。

如此大跨度、长距离的海上超级大桥，在世界建桥史上是首次；大桥工程项目如此集群复杂、主体工程中的岛隧技术难题密集与创新突破超乎想象，在世界建桥史上殊为罕见；大桥项目从设想、动议、提议到商议、明确、立项，从设计、协调、招标到建设、管理、运营，历经三十五年而跨越世纪；从"一国两制"框架下三地政府密切合作到汇集全球四面八方智慧，从攻坚克难到大功告成，在世界建桥史上绝无仅有。

无疑，港珠澳大桥是一国之重器，是珠联璧合的时代经典。

港珠澳大桥为什么会有珠联璧合的美妙神秀？它展示了珠联璧合怎样的深刻内涵？

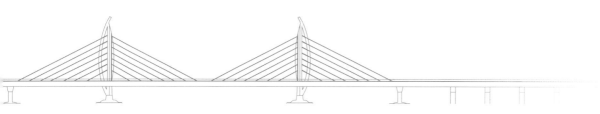

"一国两制"引领三地
聚合四面八方智慧

机缘际会：世界"超级工程"矗立世界文明里程碑

生活在于日常，日常孕育非凡，非凡相系时代。

历史的机缘常常在人们的不经意间有着彼此感应而相连，人类文明的魅力也正是在这感应与相连中透出时代的人生火花。

人生火花给历史留下注脚，折射时代，闪亮于人生路口。

港珠澳大桥管理局（以下简称"大桥管理局"或"管理局"）局长朱永灵回首人生，深为一路走来的那几处人生足迹而感怀。

1978年秋季，不满15岁的朱永灵考上同济大学公路与城市道路专业。"少年大学生"的这一志愿与专业选择，相系一个历史机缘。

朱永灵的外祖父是黄埔军校早期毕业生，母亲在南京出生长大。母亲从小想做一名白衣天使，向往同济大学。历史变迁，母亲未能如愿，但她心中的向往也从未释怀。如今儿子的考分远超重点大学录取线，母亲心中的情结再度炽热。就在这时，《人民日报》刊登了被誉为"同济之魂"的同济校长、著名桥梁专家李国豪的事迹报道。如同最初感染到徐迟的《哥德巴赫猜想》引发的激昂心情一样，朱永灵被李国豪校长的事迹深深打动。这是一个激情燃烧的年代，崇尚科学、报效国家蔚然成风。为遂母亲心愿，更为当科学家，朱永灵做了坚定选择。

人生火花跳跃，却也伴随认知盲区。

多年以后，在接受笔者采访时，朱永灵还记得这一细节：大学一年级第二学期，一位外国专家前来学校讲座，眉飞色舞地介绍发达国家勃然兴起的高速公路建设。而朱永灵却如听天书。但这"天书"激起了他盘根问节的好奇心。听完讲座他就跑去学校图书馆借阅资料，却空手而归。彼时，高速公路在中国还无踪影，图书馆资料一样阙如。而更令朱永灵没有想到的是，也是在这年深秋，香港著名爱国实业家胡应湘先生进京会见国家领导人时，身上就带着广州—深圳—珠海高速公路的建设图纸。

朱永灵更没有想到的是，胡应湘先生最早提出建"广深珠高速公路"的动议，是在1978年秋，正是自己走进同济大学校门的那个季节。也就在这时，党的十一届三中全会在北京召开。改革开放大潮涛声涌动，壮怀激烈在人们心中已然奔腾。

涛声涌动，壮怀奔腾。历史的这一"礼成"，是一个时代的序幕隆重开启。

时代召唤。大学毕业在长沙交通局工作三年后，朱永灵义无反顾考回母校读研究生。1988年毕业后，朱永灵来到广州，从此与广东高速公路、大桥建设结下不解之缘。

他先后任广东省公路勘察规划设计院总工办副主任、广东省公路管理局局长助理、副局长。1996年他被广东省交通厅派往香港为虎门大桥建设融资，投身国际资本市场，一干五年。1997年担任虎门大桥董事长。1999年被组织派去美国夏威夷大学学习一年。2001年广东省高速公路有限公司领导班子大换血，他临危受命，担任公司总经理，2002年升任董事长、党委书记。

虎门大桥飞架珠江虎门入海口，朱永灵多少次站立大桥远眺伶仃洋。但令他又一次没有想到的是，1983年，胡应湘先生首次提出修建跨珠江口连接香港与珠海跨海大桥的《建设内伶仃洋大桥的设想》，从高速公路到跨海大桥，历史机缘似乎在一步步向他们走近。

历史"礼成"与人生机缘火花迸发。

火花耀眼。在党中央的坚强领导和大力支持下，2003年7月，国家发展和改革委员会（以下简称"国家发改委"）与香港特区政府共同委托国家发改委综合运输研究所完成《香港与珠江西岸交通联系研究》，同年8月，国务院正式批准三地政府开展港珠澳大桥前期工作。

2004年3月，朱永灵从广东省高速公路有限公司被聘任为港珠澳大桥前期工作协调小组办公室（以下简称"大桥前期办"）

主任。

人生交汇点到来。

"我见过胡应湘先生很多次，第一次就是在广深高速公路的工地上，但没有互动。后来为筹备港珠澳大桥，我多次拜访胡先生，曾在胡先生办公室听他侃侃而谈。"朱永灵回忆道。

一对神交已久的"忘年交"，两颗曾同频共振的心，心有灵犀。如今因这一桥相系，心心相印。

"人生交汇，是历史机遇，更是时代召唤。"朱永灵满怀感慨道，"当接手这一项目时，我心里非常明白，我们生逢其时。我们这一代人伴随改革开放一路走来，国家跨越发展，我们遇到了千载难逢的宝贵机遇。"

2005年4月，在国家发改委主持召开港珠澳大桥桥位技术方案论证会并确定后，港珠澳大桥前期工作协调小组第五次会议在珠海召开，粤港澳三地政府同意专家组推荐意见，确定大桥东岸登陆点为香港大屿山散石湾，西岸澳门登陆点为明珠，珠海登陆点为拱北。至此，港珠澳大桥最让人们关注的线路布局尘埃落定，世界"超级跨海工程"宏图问世。

2009年10月，国务院常务会议正式批准港珠澳大桥工程可行性研究报告，港珠澳大桥正式进入实施阶段。同年12月15日，中共中央政治局常委、时任国务院副总理李克强亲临珠海，在港珠澳大桥工程开工仪式上宣布大桥建设正式开工。

一桥连三地，创国之重器；机缘际会，世界超级工程横空出世。

"我们的时代飞速发展，国家综合实力由此可见一斑。"朱永灵强调说，"'港珠澳大桥跨海集群工程建设关键技术研究与示范'被纳入'十一五'国家科技支撑计划项目。'一国两制'方针引领，三地汇聚四面八方智慧。正如习近平总书记指出的，港珠澳大桥是'圆梦桥、同心桥、自信桥、复兴桥'。"

2010年7月8日，国家科技部在北京召开项目可行性论证会，14位院士、专家、学者参会论证。同年9月29日，港珠澳大桥技术专家组专家聘任仪式在北京举行，37名内地专家、2名香港专家、2名外国专家共41名一流技术专家组成专家组。

"港珠澳大桥建设还有超过8个国家的技术专家为我们提供技术服务。"敞开情怀，朱永灵情溢于表。"时代今非昔比。港珠澳大桥核心技术完全是我们自主创新研发。但通用技术、通用设备和材料我们可以在国际市场上货比三家。通过大桥建设的推动，我们促使很多国内产品升级换代，完全具备了国际竞争力。港珠澳大桥成为中国贡献给世界的一张靓丽名片，中国智造矗立世界大桥建设里程碑。"

里程碑上，书写新时代中国奇迹。

取法乎上："一国两制"彰显三地优势合作新机制

2017年7月1日上午，国家主席习近平在香港特别行政区行政长官林郑月娥的陪同下，考察港珠澳大桥香港段建设工地和香港国际机场第三跑道建设情况。习近平指出，建设港珠澳大桥是中央支持香港、澳门和珠三角区域更好发展的一项重大举措，是"一国两制"下粤港澳密切合作的重大成果。

国家意志，"一国两制"，是港珠澳大桥建设的"定海神针"。

"这'定海神针'是我们建设大桥的主心骨。"朱永灵语气坚定地说道。他介绍：港珠澳大桥建设管理采用"专责小组——三地联合工作委员会（以下简称'三地委'）——项目法人"三个层面的组织架构。

"专责小组"由国家发改委牵头，国家有关部门和粤港澳三方政府参与，主要履行中央政府明确的职责，协调项目建设过程中涉及中央事权和相关的重大问题。"三地委"由广东省政府作为召集人，粤港澳三地政府各派三名代表共同组成，代表三地政府协调、解决项目建设和运营过程中涉及的重要问题。"项目法人"即大桥管理局，由广东省牵头、粤港澳三方共同组建，负责大桥主体部分的具体实施和运营管理。

2010年9月27日，港珠澳大桥管理局揭牌仪式在珠海九洲港大厦举行，朱永灵被任命为局长。从大桥前期办主任到首任局长，朱永灵深知肩头的责任与重担。从大桥前期办成立到今天，六年过去。一路走来，是"定海神针"于心，前期工作筚路蓝缕，步步向前。如今新的征途开始，他激情满怀。他以毛泽东"雄关漫道真如铁，而今迈步从头越"的诗句直抒胸臆，在揭牌仪式上坚定表示："今天既是一次隆重的揭牌仪式，又是管理局全体员工的一场誓师大会。请三地政府放心，我们已经做好了充分准备，我们将以贯通三地交通、经济、文化的广阔视野，以科学高效的管理思路，严谨务实、阳光运作，塑造管理局良好的社会形象，全力以赴，打造世界一流跨海通道，把港珠澳大桥建设成为世界桥梁建设史上一座不朽的丰碑。"

誓言既出，朱永灵意志坚定。大桥管理局的成立，意味着这一项目法人法定地位确立，业主资格明确。坚定遵循"一国两制"指引下的建设管理，三地协调合作，共创圆梦桥、同心桥，便是项目法人至高无上的使命。

经历六年前期工作，朱永灵的认识不断加深。粤港澳三地既有"一国两制"的不同社会制度，还有各自不同的区域法律法规，三地首次合作如此重大的建设工程，没有矛盾纷争、没有利益博弈，是不可能的。人类历史是在解决矛盾中发展，社会进步是在共同创造成果、共享发展利益、不断平衡中实现。这离不开解决矛盾机制，需要解决争端方案，需要项目决策措施。作为三地共同成立的管理机构，必须首先赢得三地政府的高度信任和支持，而这又必须让管理局的所有工作公开透明，要在高度不确定性中寻找确定性，化解风险，积极作为。取法乎上，国家利益至上，是大桥建设、管理的天职；机制、方案、措施制定的根本原则是"一国两制"；依循这一上位法而彰显三地制度优势，形成创新机制，推进大桥建设，是管理局全力以赴的追求。

　　朱永灵在为寻找各种确定性奔忙。他钻研领会国家法律，他研读熟悉香港、澳门两地法律制度；他带着管理局聘请的法律顾问和有关工作人员，一次次外出调研、咨询、求教、论证。在北京，他率队专程拜访全国人大法律工作委员会、国务院港澳办、国务院发展研究中心，与北京大学法律专家教授座谈；在香港、澳门，他带领同事分别前往中央政府驻港、驻澳联络办公室咨询，与港澳两地法律专家交流，倾情投入。

　　2006年，朱永灵带领大桥前期办有关人员前往北京委托国务院发展研究中心做三地协调机制研究，同时启动三地协议和项目法人章程编制工作，聘请专项法律顾问全面进入法规章程研制。在2010年2月和5月，粤港澳三地政府签署《港珠澳大桥建设、运营、维护和管理三地政府协议》和《港珠澳大桥管理局章程》。这两个文件集纳了三地法律法规和管理要求，成为管理局处理与三地政府关系的基本法律文件。

　　在各个不同专项专题小组前期大量调研论证的基础上，港珠澳大桥建设的各个方案逐渐明朗，得到国家相关部委确认支持。2007年，确定融资、建设及查验方案，明确了口岸查验采用"三地三检"模式的原则。

　　凝聚智慧，几易其稿，前期六年制定的《港珠澳大桥主体工程建设项目管理规划》，包括《跨海大桥品质规划》《港珠澳大桥信息化建设规划》《港珠澳大桥质量管理规划》以及《港珠澳大桥招标管理规划》等具体规划，为港珠澳大桥建设提供了理论和总体框架指导，奠定了科学的制度基础。

彰显三地制度优势，创新机制日益完善丰满。朱永灵在大桥管理局成立挂牌仪式上满怀信心说出"请三地政府放心，我们已经做好了充分准备"，正是基于这一项项基础工作的坚实奠定。

事非经过不知难。2004年初，大桥前期办组建时仅13人，人们笑称是"13条汉子"。

"这是世界超级工程，得有汉子的担当，还得有大丈夫气概。"朱永灵叮嘱大家，"基于三地政策法规、管理体制、办事程序、技术标准、思维习惯等方面存在差异，每一项问题都要反复论证、反复协调。分歧一度甚于共识，我们'三方受气'，胸怀也被撑大了。"说起大桥前期办六年多的艰难协调，朱永灵如此笑言。

一个小故事或许可见一斑：大桥前期办刚成立，为设立一个银行账号，工作人员跑了不少路，却未能如愿。因大桥前期办在广州成立，且日常经费是三地政府负担，设立银行账户要在广州。但经费来往涉及粤港澳三地，特别是大桥建设还没有立项，没有任何业务合同，没有开户依据，开户银行也从没有碰到过这样的情况。朱永灵在香港五年做的是融资工作，和有关银行比较熟悉，于是他带上全部相关资料专门去与银行协调，说出实情与各种理由。一位熟悉朱永灵的银行领导听了，不由半开玩笑地对朱永灵哈哈一笑说："原来你们真是要在白纸上画图啊。"银行这才特事特办，为大桥前期办开了一个特殊账户。

"其实他们有他们的工作规矩，更是怕上当受骗。"朱永灵莞尔一笑，堵在胸中的气早已全消。也是这个具体事情，激发朱永灵心中又一紧迫的思考：港珠澳大桥的建设目标如何定位，才能让三方政府满意，让建设管理有规可循？

亮出名片：激扬世界超级工程的国际视野与品质追求

在中央专责小组的统筹安排下，港珠澳大桥前期的《香港与珠江西岸交通联系研究》吸引了香港多方专家参与，带来了新经验，拓展了视野范围。

这给朱永灵深刻启示。他介绍一个细节：港珠澳大桥设计使用寿命是120年。而过去内地和澳门的惯例都是100年。但香港采用英国120年的标准。"这方面，中央早就明确，港珠澳大桥建设标准就高不就低。因此，对香港提出的120年标准，通过各方协调很快就一致确定了。"朱永灵深情感慨，"这最高标准的坚守，成为大桥建设管理激励创新的触发点、奋发追求的标杆。"

一桥连三地，三地政府之间、区域之间、产业之间、百姓之间形成紧密纽带。以宽阔的国际视野，高标准的品质追求，朱永灵带领团队在研究了世界范围内有影响力的超级工程的基础上，包括文献与实地考察后，很快完成了对港珠澳大桥的构想、工程可行性研究报告与管理规划三大任务。港珠澳大桥建设的三大目标由此脱颖而出：建设世界级的跨海通道，为用户提供优质服务，成为地标性建筑。每个目标都具有丰富内涵和深刻要求，让人眼前一亮，很快得到了三地政府和港珠澳大桥中央专责小组的高度认同，于2009年在中央专责小组第二次会议上讨论通过。

朱永灵介绍：建设世界级的跨海通道意味着把港珠澳大桥放在世界跨海通道的视野下，对标国际，要与世界最高水平跨海通道一拼高下。为用户提供优质服务，就是强化需求引导，充分把握大桥建成以后的"人本化"服务功能。成为地标性的建筑，是引入创新建筑元素包括大桥文化创新，使之成为港珠澳三地乃至全国的一张新名片。

120年设计使用寿命，成为港珠澳大桥建设管理的不二目标。

亮出名片，激扬港珠澳大桥世界超级工程的国际视野与品质追求。

2013年5月2日上午11时，港珠澳大桥海底沉管隧道第一节（E1）沉管浮运沉放作业拉开序幕。汇聚世界一流浮运、吊装、沉放大型设备，包括沉管安装深水测控系统、浮运沉放压载水控制系统、沉管对接精调系统、沉管水下运动姿态实时监控系统、气象海况保障系统、浮运拖航控制系统等8大系统的各个部门高速紧张运转，全力保障这"初出闺房"的"大姑娘"平稳安全驶向目的地——西人工岛。

经过两个多小时航行，洋面海风突然加大，天空飘起了小雨，海浪造成连接拖轮和沉放驳的缆绳受力过大而出现不断磨损。到下午五时许，指挥船"津安3"左后方"穗港21"拖轮的牵引缆绳突然断裂，致使沉放驳受力不均，偏离方向。第一次意外不期而至。

总控室通过卫星定位监控发现这一变化。指挥员立即指挥"穗港21"拖轮更换新的缆绳，沉管稍后摆正方向，继续前进。这里，请记住：从发现断缆、更换缆绳到回归正常的时间，不到20分钟。

"这首节沉管浮运，是在4次实战演练的基础上进行的，各种情况都有细之又细的考虑和预案。这得益于建设者以高标准要求精心实施的演练和未雨绸缪准备。"回首这海底"首场秀"，朱永灵深情难忘。

这还只是一个小插曲。更大挑战来自紧接的96个小时三次沉放。这96个小时朱永灵一直坚守现场。在一波又一波险情丛生、人心不稳、人心思退时，朱永灵沉着应战，他和现场总指挥林鸣在技术分析会上广泛听取专家意见，冒着风险，狠下"不放弃"决心。为应对各种险情，他置身不同位置，站立在十多米高的吊篮里，从一艘船吊到另一艘船，经受肉体与精神的双重考验。

风险与挑战的考验，正是港珠澳大桥建设的日常与非凡。

这是一次协调，更是一次考验。

2014年底，在沉管隧道第15节沉管安装中，出现严重的基槽泥沙回淤，影响施工，沉放作业被迫两次停止，沉管两次拖回预制现场。经反复监测论证，是有关海域的采砂工作导致，需要立即停止采砂作业——但，这又是合法正常的采砂作业。

朱永灵带领工作组全面了解情况后向广东省政府及时报告情况。时任广东省常务副省长徐少华带领工作组很快前来珠海现场办公解决问题。为做好有关工作，时任广东省发改委主任李春洪、广东海事局长梁建伟和广东省海洋与渔业局副局长屈家树专门邀请采砂企业负责人共进工作午餐，殷殷寄语，切切交谈。两天内，7家企业200多艘采砂船全部撤离现场，采砂作业全面停止。

"五湖四海的大桥建设者，因桥而聚；天南地北的中国人，因桥结缘。国家利益面前，没有人把自己当局外人。广阔视野与品质追求成为大家共同的光荣与担当。"回顾这次协调工作，朱永灵心中仍感慨不已。

港珠澳大桥管理局有来自香港和澳门的两位副局长，他们由香港、澳门特区政府派出，轮换相对频繁。香港方现任副局长李竞伟，分管融资财务部；澳门方副局长源秋华，分管计划合同部。

"他们各有所长，和我们相处很好。"朱永灵介绍说。在他的引见下，笔者和李竞伟在大桥管理局食堂共进工作午餐时有愉快交谈。这位英国帝国理工学院毕业的高材生，太太是北京人，他笑称他们家是"一家两制"，相处和谐。但了解到笔者前来采访，他便连忙摆手笑道："不要采访我哦，采访我要经香港特区政府批准。"笔者郑重告诉他："朱局长已经告诉我了。请放心。"接着笔者亦笑问："和你闲聊，是否也要走这个程序？"

他听了哈哈大笑："我在这里工作大半年了，已经学到很多。吃好工作午餐，是为了更好地工作。所以我很喜欢这里。"说完，他便埋头吃饭。当放下筷子，他却又不忘幽默一句："不只是我，香港人都想来大桥看看。因为大桥就在家门口，国家的感受很强烈。"

似是接过李竞伟的话，朱永灵坦言："通过港珠澳大桥的合作共建，更加拉近了三地民众的时空距离和心理距离。港澳专家全过程参与港珠澳大桥的论证、决策，建设者热情投身建设，更加深了对国家的认同感，更加为国家的强大而自豪。"

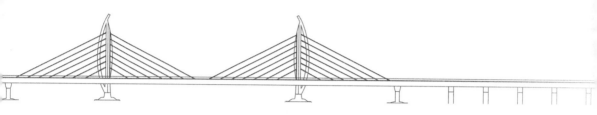

共同的精神追求凝成心灵"金丝线"，
成就伟大工程

————

工程是人造物，造物先"造人"，海纳百川先"塑心"

港珠澳大桥的建设、管理、运营，涉及三地政府400多个单位、部门和行业，大家各司其职。管理局的工作必须主动熟悉情况，化解风险，掌握更多的确定性，形成理解、互信、支持、合作的稳定格局，有效履责。

怎样有效履责？有效履责的共识与行动基点在哪里？

大桥工程是人造物，造物先"造人"。朱永灵凝视着"桥"与"人"两个字。

大桥建设近两百个施工项目，两万多建设者、众多国外企业和工程技术人员参与，建设工期长，任务重、合作多、要求高，没有大家共同遵循的理念与指导思想，没有大局观念，大桥管理局每个人就是有三头六臂，也是疲于奔命，难以把协调和管理工作做好。

从大桥建设的外部到内部，从"全局观念"到管理触发点，这构成朱永灵心中对港珠澳大桥建设这一"造物"工程的进一步思考与理解：造物先"造人"，"造人"先"塑心"。

怎样塑心？塑什么样的心？

目标与品质已经确定，必须成为建设者共同的精神追求。

"共同的精神追求"，这一愿景浮现并定格在朱永灵脑海。

铭记在他脑海中的还有一件事。

一次，朱永灵从国外考察回来，途经香港，乘广九动车回广州。这条动车路线有很多路段与广深高速公路并肩平行。他靠在窗户，不时凝视广深高速公路上不息的车流，感受着乘坐的动车速度，他眼前突然形成了一幅颇富意味的图景：高速公路、动车、高铁，还有刚刚在欧洲几个国家乘坐过的列车"欧洲之星"。他记得，曾有一本书这样描述：欧洲的快速发展是"欧洲之星"拉动的。而今天，中国的高铁，不是一样在为中国经济社会发展提速？从美国高速公路网、"欧洲之星"到中国的高铁，构成各个不同时代的文明剪影，不也呈现一条世界人类精神文明追求的轨迹？

这太有意思了，朱永灵越想越兴奋，甚至有点"惊回首"的感觉。如果没有科技的迅速发展，没有人们的创新驱动，这怎么可能？由此他想到了港珠澳大桥的建设。如此大型、复杂的建设项目，如此深具科技含量与创新的交通集群工程，从世界交通发展的历史可以汲取什么？获得什么启示？如何弘扬港珠澳大桥建设者共同的精神追求？

回顾改革开放以来中国路桥的建设发展，如今已经走在世界前列。但社会发展从不止步，港珠澳大桥建设应该在世界桥梁建设中领跑。工程是人造物，管理必须一切围绕人。从大局观念、精品意识到共同的精神追求，是必须植入的新观念、新思维，是"造人"先"塑心"的"心"之所在。

业主对工程项目的定位，业主的思想和在组织管理中的胸怀，决定了超级工程的成败与水平。迅速掏出笔记本，朱永灵写下这绵延人生、一路考察、此刻迸发的感悟。

在考察厄勒海峡通道和韩国釜山巨济海峡通道等工程后，朱永灵了解到这些工程无一例外都采用了设计施工总承包的模式。经过反复论证，朱永灵提出了港珠澳大桥控制性工程岛隧工程作为一个整体，采取设计施工总承包模式实施。这一招标策划前后历经两年的时间。后来，港珠澳大桥的大型招标，几乎都经历了这样的策划组织过程。

朱永灵带队登门拜访中国交建、中国铁建和中国中铁三大集团，推介港珠澳大桥项目，以问题为导向，以目标为激励，深入交流设计施工总承包模式，探讨港珠澳大桥工程面临的技术难关系列问题，完善招标机制、合同机制、技术问题、科研攻关重点等重大建设管理目标。

2010年7月，朱永灵率队到当时的交通运输部参加专家评审会，评审设计施工总承包模式和招标方式及合同。按规定，这些原本在广东省交通厅备案即可。但广东省交通厅鉴于关涉重大，为审慎起见，特别上报交通部，并建议专门召开专家评审会。这是交通运输部第一次为一个具体项目备案招标文件召开专家评审会。招投标时，朱永灵还鼓励企业整合国际资源，用施工顾问咨询服务以及设备租赁的方式弥补海上施工的短板，同时不违犯境外单位没有资质不得承接境内工程施工的法律限制。

国际视野和世界智慧，成为大桥管理局"塑心"的良好课堂。从设计到咨询，从施工顾问到质量顾问，管理局引来参与、合作建设的美国、英国、德国、荷兰、丹麦、日本等国家和境外企业12家，总人数近100人，总合同金额近3亿元人民币。

通过采用创新的合作模式，设置设计咨询复核、国内牵头联合体等方式，管理局引入了丹麦科威国际咨询公司（COWI）、英国奥雅纳工程顾问（ARUP）等国际公司参与了沉管隧道设计、桥梁钢箱梁设计；在桥梁工程施工图设计招标中引入日本国株式会社长大（Chodai）、英国合乐集团公司（Halcrow）参与钢箱梁结构设计、钢混组合梁结构设计；在桥面铺装设计阶段引入国际咨询公司香港安达臣沥青公司（Anderson Asphalt），同时还设置直接对业主负责的全过程设计及施工咨询服务和专项顾问服务。

通过设计及施工咨询服务，引入了沉管隧道、桥梁咨询团队，林同棪国际集团（T.Y.Lin International）、荷兰隧道工程咨询公司（TEC）等知名公司。在施工全过程中，聘请了国际知名的工程顾问公司莫特麦克唐纳咨询（北京）有限公司（Mott MacDonald）作为项目管理的质量管理顾问。在施工团队中引入设计交叉复核或施工咨询服务，在岛隧工程设计施工总承包招标中引入国外沉管隧道设计咨询与复核团队艾奕康有限公司（AECOM）、丹麦科威国际咨询公司、日本贵弥功株式会社公司（NCC）等；在桥面铺装施工过程中，引入了国际咨询公司瑞士埃施利曼沥青工程公司（Aeschlimann AG）。

为更好实现防控风险，大桥管理局在管理模型中设置了风险管控子项，涵盖设计、施工、审核每个环节，建立了三道风险防控线。大桥管理局请这些有经验的公司做防控代理层层把关，担当防控风险"看门人"。

作用在工程，影响在人心。

汇聚世界智慧，凝成"共同精神追求"金丝线，"人""物"一线牵，"塑心"心纳百川。

"大桥命运共同体"与"伙伴关系"为共同精神追求奠基，表里如一

作为大桥工程的管理者，朱永灵也是一名忘我的建设者。同事们都叫他"工作狂"。

从早到晚忙工作，没有节假日，中午也不休息，朱永灵说每天清晨起来跑几公里，晚上看看书，是最好的休息。他精干结实的身体似乎有使不完的劲，从投身大桥建设至今14个年头没有进

过医院。从2011年起，他在工地现场连续度过七个春节。造物先"造人"，他觉得应该从自己做起。

"人是工程实施中最活跃、最重要的因素。如何发挥全体建设者的主观能动性，是港珠澳大桥建设能否成功的关键。"朱永灵坦陈，"港珠澳大桥建设是前人没有过的先例，从无到有，正如一张白纸好画最新最美的蓝图。共同的使命担当，让大桥建设者结成命运共同体；互相信任、互相理解、互相尊重，并共同享受项目带给每个人的荣耀与满足而形成'伙伴关系'，实现各方的多赢、共赢，为共同的精神追求打下坚实基础。"

港珠澳大桥主体工程参建单位上百家，有170多个乙方。在人们的印象中，业主总是强势的，似乎甲方处处主动，乙方只有被动应对。而对港珠澳大桥来说，朱永灵的告白是：一损俱损，一荣俱荣。"大桥命运共同体"，才是甲方乙方更富意义的内涵。

考验无处不在。"命运共同体"面临挑战，"伙伴关系"需要打磨。

岛隧工程是大桥建设的控制性工程，也最体现科技创新并具有风险。岛隧工程不仅采用联合体投标，而且采用设计、施工总承包模式。管理局不但全力推进这一模式，对后来钢塔吊装方案、人工岛成岛方案、隧道基础方案和最终接头方案的变更，都认可接受。"良好伙伴关系"结出"共同精神追求"的丰硕成果。

但这也让外界产生错觉：业主是否没有尽到责任？甚至被怀疑有利益纠葛而受到责难。管理局内部也有同事认为业主太软弱，两头受气，很憋屈。

如何处理矛盾？如何彰显理念？如何坚持原则？

理念是行动的先导，行动遵循规则。既然胸怀能够"撑大"，一点杂音还在乎？朱永灵组织各业务部门分头行动，商讨、考察、论证，一个又一个大小会议，调研项目、分析实情，带领大家以《港珠澳大桥主体工程项目管理制度》和《港珠澳大桥主体工程专用技术标准》两套制度体系为准则，并同时作为招标文件的组成部分，让所有参建单位在投标之初就了解管理局的管理流程和管理要求、质量要求。承包人进场后，管理局又及时组织培训，让"命运共同体""伙伴关系"理念深入人心。管理制度体系覆盖工程管理的方方面面，规范了管理局的管理行为，理顺了与参建各方的关系，管理工作有章有效有序推进。

"强势业主对一项简单的工程也许是可行的，但对港珠澳大桥这样复杂的巨系统是无能为力的。"朱永灵这样坦率阐述他的内心。他举例：大桥每一项招标，有粤港澳三地专家同场，谁也别想有一点"小九九"，这也让管理"一身轻"。他进而坦言："业主的管理人员是有限的，专业知识和管理能力也是有限的。面对如此众多从未遇见过的技术难题，如此众多从未想到过的解决方案，业主能做一个正确判断并能及时决策已经是很了不起。因此我们必须相信承包人，尊重承包人，在多种方案均可行的情况下，尽量照顾承包人的风险偏好，尊重承包人的方案选择。"

采访中，笔者被朱永灵这番介绍打动。管理是一门科学，正确决策形成科学管理。没有规矩不成方圆。遵循规矩是为了目标。方法与目标，在过程中相融而前行。

有本事的人，都是有个性的，有个性的人往往比较敢拍板，而果断恰恰是危险时刻最需要的。

"工地如战场，指挥如打仗。"这个话题触动朱永灵，他不由脱口而出，"港珠澳大桥建设中那么多急难险重项目和危难时刻，指挥员没有坚定意志，没有果断决策，就会丧失主动，贻误时机。用人不疑，疑人不用。这是一条历史经验，也是大桥建设管理的心得。"朱永灵自己就是一个有个性的人，内心一样强大，认准的理不改变，看准的事不动摇。

个性趋近，英雄相惜。这曾有无数历史佳话，在港珠澳大桥建设中也有各种美谈。

"港珠澳大桥各参建单位都是国内最好的队伍，专业能力都在业主之上，因此具体技术问题常常与业主看法不尽相同，在这种时候，我们总是耐心倾听对方的解释，提出自己的疑虑与担忧，多方求证，从不强迫承包人接受自己的意见。"朱永灵敞开内心，率直而言。

正是这样的理念与理解，朱永灵和他的管理团队坚守一条：在这一大型复杂项目的管理上不行意气之争。一旦承包人证明他们提出的方案是可行的，性价比最优，业主可以放弃自己的意见，转而毫不犹豫地支持承包人的方案，并积极创造实施的条件。

强强联合，水涨船高。英雄相惜，壮志同酬。众志成城，成就伟业。

矛盾的对立可转化而成合力，共同的追求与目标凝聚起彼此共享荣光的奋斗，共圆梦想的真情与精神激励起共负使命担当的创造。

这是科学管理，这是管理科学。

如今，港珠澳大桥建设管理以珠联璧合作出证明。

桥面铺装是港珠澳大桥建设过程中面临的又一重大挑战。铺装规模达70万平方米，其中50万平方米为钢桥面，是目前世界上规模最大的钢桥面铺装工程。"这是港珠澳大桥的'面子'。国内钢桥面铺装失败的多、成功的少，要在一年的工期内完成全部施工任务并保证十五年的设计使用寿命，困难是显而易见的。"朱永灵一次次和工程部的技术人员交代，一定要把管理工作更有效更细致地融入建设。从里到外，从建设到管理，要整体管，要全面理，构筑真正的"大桥命运共同体"。

朱永灵带领团队对国内外同类工程广泛调研、反复比较，在与科研单位一起费时四年试验求证后，最终确定了GMA浇筑式+SMA沥青混凝土铺装方案，采取"露天工厂化"施工理念，首次引进车载式抛丸机，研制出防水层机械化自动喷涂设备，有效保证了工程质量和效率。

"大桥命运共同体"与"伙伴关系"，为共同精神追求奠基，使大桥品质表里如一。

共同的精神追求凝聚建设者心灵"金丝线"，成就伟大工程

这是一个太阳暴晒、工地建设热火朝天的下午，朱永灵顶着烈日来到牛头岛施工现场，了解隧道沉管预制情况。

几个小时工地行走穿梭下来，朱永灵朝自己的穿着一看，突然感觉并无往常晴天一身灰、雨天一身泥的形象。他特意在工人们较为集中的水泥搅拌站周围细看，工人们挥汗如雨，工装穿着整齐，更没有人袒胸露背。地上没有乱扔的果皮、纸屑，甚至没有发现一个烟头。他心里一阵欣喜：良好的工作环境出精品，HSE（职业健康、安全生产和环境保护三位一体）管理体系已经奏效。

随着大桥建设的日益推进，大桥管理局制定的各种管理规章制度不断细致完善。作为一项世界超级工程，朱永灵心中对世界标杆工程的坚守不移。在外出的多个国家考察中，对很多人觉得无关重要的一些小细节，朱永灵没有忽视，这就是现场管理、工地环境如何精细到位。尤其在德国、日本，他深为施工严格的管理和整洁干净的环境所触动。在国内考察，他也从许多大企业、精品工程的现场获得相同感受。

"如果一个人连自己的工作场所和环境都不爱惜，管理浮于表面，他会爱惜生态环境、会打造出精品工程吗？"在管理局的管理工作会议上，朱永灵特别叮嘱大家要把管理精细化。他不断提醒大家：大桥建设不仅要在全球范围内寻找科技要素的最优配置，还应该在管理上向最高标准看齐；不仅解决大型工程建设职业健康与工程安全环保问题，更应摒弃传统的施工场地就是"脏乱差"代名词的习惯思维，以现代工业文明的新思维提升工程品质，杜绝豆腐渣工程，重塑中国建设者的形象。"这也是'塑心'的题中之义。"朱永灵循循善诱地说。

细节决定成败，品质源于精细。从现场抓起，从细节着手。博采众长，大桥管理局推出了令人耳目一新的"HSE三位一体化"管理体系。

体系是整体全局，管理体系是对人与工程的全面要求，必须健全全过程风险控制体系。由此，管理局对设计施工总承包管理模式、质量管理体系、应急安全与环保等管理不断完善。混凝土构件质量管理采用香港混凝土认证制度，大桥养护维修设施的设计参考香港和日本的经验，工程监理、质量评估委托第三方论证。

管理是实施规范标准，是引导思想行为，这个意义上管理更是防微杜渐，化解风险。

这是防微杜渐、化解风险的又一主动战。

2011年1月，大桥管理局与香港廉政公署在珠海联合举办"港珠澳大桥反腐倡廉工作交流会"。香港廉政公署防止贪污处首席防贪主任陈炳文、总防贪主任梁仲平和广东省发展改革委纪检监察室负责人参加会议，就如何建设一座"廉洁大桥"交流经验，出谋划策。

一次特殊而及时的行动，在人们心中敲响警钟，让人们感受到廉洁大桥建设的风险并非不可控，不可化解。"预防为主，工作在前，让廉洁大桥红线贯穿于每一建设项目、每一管理环节。"朱永灵说道，"我们希望一座'洁净而美好'的港珠澳大桥一样经得起历史的检验。"

检验从自身开始。大桥管理局制定的章程和一系列管理制度划定了项目法人的权力边界，三地共建共管增加了决策的透明度，纪检监察和审计监督充分发挥震慑和提醒作用。风险意识，防控风险警钟长鸣。

人造物、物造人，港珠澳大桥建设管理的风险亦在人与物，具体就是人的风险防控和技术风险防控。这是朱永灵接连思虑的一组有关风险数据：2012年，他提到4种风险：技术风险、廉政风险、能力不足的风险和精神懈怠的风险。2013年他强调3种风险：精神懈怠的风险、质量和安全的风险、成本控制的风险。2015年他又从风险的角度提到3种不确定性：人的不确定性、环境的不确定性和设备的不确定性。

风险在防控，激励是加持。在管理制度上长抓不懈的教育提醒、制度约束的同时，大桥管理局通过劳动竞赛、树立典型，发挥着强大的精神动力作用。

"管理工作不只是防范风险，还要不断激励建设者共同的精神追求，高扬管理价值，使之真正成为串起建设者心灵的'金丝线'。"朱永灵坚定地说。

2011年4月，中华全国总工会将港珠澳大桥劳动竞赛列为全国重大工程示范性劳动竞赛。大桥建设以来，中华全国总工会授予港珠澳大桥工程"全国五一劳动奖状"13个、"全国五一劳动奖章"24个、"全国工人先锋号"37个。这是一项全国重大工程创下的纪录，是港珠澳大桥建设骄人的精神财富。

"金丝线"串起共同的精神追求，晶莹而闪亮。

"在大桥建设工地，建设者已经把大桥作为情感依附和精神寄托的载体。"回顾大桥建设与管理历程，朱永灵自豪地说，"中国建设者共同的精神追求，成就了这一伟大工程，成就了这一世界奇迹。"

把管理融入建设，在建设中提升管理，凝成精品，梦圆追求。三十多年的职业生涯，朱永灵对此感受颇深。投身港珠澳大桥管理工作，他的眼界与思路更为广阔。大桥的一系列关键性工程，他都全过程参与。管理局对三地政府完全透明，这让三地政府能够及时了解决策过程与执行结果。在三地政府审核过程中，他及时跟进、解释。经过磨合，三地政府对管理局的信任度提升了，这为港珠澳大桥建设管理提供了坚实后盾。作为世界超级工程的业主方掌门人，朱永灵感受到这一工程充满魅力，他心中充满激情，使命与担当、创新与开拓，激励相伴同行。

　　为做好管理工作，朱永灵读了各种管理的书，他的办公室摆满了书。"书是知识的汇聚，是实践的理论提升，是作者的心血凝结。开卷有益。"他这样和大家交流读书心得。他更想，港珠澳大桥建设管理将来可以被写成很多书。管理工作与工程建设一样，吸纳世界智慧，转化创新创造出这一中国奇迹，形成中国标准，贡献于世界，是世界可资借鉴的经验和样本。

　　积累、丰富，吸收、转化，创新、提升，人类文明的行程就是这样螺旋式上升，行程相续。

　　"我们不追求为个人留下什么，我们追求为国家、为民族、为这个时代留下彰显自豪的载体。作为个体，我们将很快消失于这个世界，但凝聚着全体建设者智慧和心血，融入了全体建设者精神和灵魂的港珠澳大桥未来120年甚至更长时间，将屹立于珠江口伶仃洋上，见证粤港澳三地的融合与发展，见证祖国的强盛。"

　　这表白，朱永灵说过多次，也被媒体报道多次。每次，朱永灵都会想起人生经历的一个个机遇，而港珠澳大桥的建设管理，在自己的人生里程打下如此深深的烙印。往事悠悠，他不由想起当教师的父母亲对自己从小严格的教育、深情的鼓励，想到从父亲书柜里多次读过的那本《钢铁是怎样炼成的》中的主人公保尔，想到那段自己熟记于心，当作座右铭的名言——

　　　　人最宝贵的是生命。生命每个人只有一次。人的一生应当这样度过：当回首往事的时候，他不会因为虚度年华而悔恨，也不会因为卑鄙庸俗而羞愧；在临终的时候，他能够说："我把整个生命和全部精力都献给了世界上最壮丽的事业——为人类的解放而斗争。"①

一根"金丝线"，贯穿人生足迹，才让每个人生路口步履稳健，每次人生机遇吻合时代召唤。而今回首，这壮丽大桥，让他无悔人生；珍惜这一机遇，他满怀深情放眼未来。

---

① ［苏］尼古拉·奥斯特洛夫斯基著，周露译：《钢铁是怎样炼成的》，沈阳：春风文艺出版社，2017年。

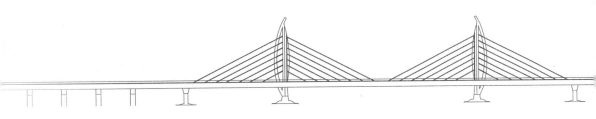

"珠联璧合"
向世界贡献"中国标准"

在创新前行中靶向"精准"

历史是人类社会发展的必然结果，充满人的创造。人类通过劳动改造世界，创造文明，创造物质财富和精神财富，而最基础、最主要的创造活动是造物。造物而创新，总是让人们情怀澎湃，坚定前行。

"没有创新就没有今天的港珠澳大桥。"港珠澳大桥管理局副局长余烈这样告诉笔者。与朱永灵一样，余烈也是2004年第一批到港珠澳大桥前期协调小组办公室的13人之一。这13个人都是在各自单位或身居要职，或技术业务拔尖、综合素质突出的人。"13人的14年"是余烈颇为深情的一个数字印记。这深情是一个建设者对真情"造物"的荣光，这印记是一个管理者对"造人"的心迹。"我自己因港珠澳大桥建设而被吸引被激励，也随着港珠澳大桥的建设而充实提升自己，与大桥建设者结成良好伙伴。"

港珠澳大桥前期初步方案设计，由港珠澳大桥管理局组织国内外专家共同完成。这一时期，余烈任大桥协调小组办公室主任助理，而前期设计方案为初步，就意味着有不断的修改和调整。

余烈举了一个例子：方案设计最焦点的问题是设计使用寿命120年。由此，就需要对大桥的荷载、抗震、抗风、防洪、地质、洋流有详尽的数据了解，有充分的试验数据支持，从最初意向的100年到确定120年，是量变到质变的一个跨越。随之而来的所有相关研究、试验需要重新协调，有的要推倒重来。因为聘请了众多国外专家和专业公司参与设计、咨询、监理，初期他们提供的数据、给出的方案，包括要价，很多与实际情况不相吻合，或有距离。这期间有反复，有不欢而散。"这使我们深刻感到，协调，不只是事务性的各方沟通，而是深入掌握情况、心中有数的引导，是目标坚定、有的放矢的最佳选择。"

余烈在大学读路桥专业，1989年毕业后来广东工作，经历了高速公路、航务工程、航道咨询、设计多个环境的一线和管理岗位磨炼。2002年，他被广东省交通厅抽调前往广东省陆丰县扶贫。"要致富，先修路。"这是广东经济社会发展的一个基本经验。他发挥自身优势，针对当地实际情况，多方筹措资金，两年中为当地修建近百公里公路，还建起了一个小水电站。这条"致富路"的修建，让余烈多年后难以忘怀，他既用心又用情，体会到如何学会施展抱负，感受到"精准扶贫"的深刻内涵。

"精准"，正是余烈扶贫回来最深刻的理念自觉，他自告奋勇选择港珠澳大桥建设这一施展抱负的"精准"舞台，开始"精准"地做各种准备。

"我的主要准备是熟悉情况、整理思路，收集自1989年参加工作以来的各种资料，有满满四个硬盘，囊括了路桥建设的方方面面。"采访中，余烈以诗和远方般的激情抒发他的内心，"在一个工程师心中，也许没有比富有挑战和施展抱负的工程更令人心驰神往的。"身为理工男的他喜欢写诗，投身大桥建设这十四年他深夜凌晨写了一首又一首诗。"诗言志。港珠澳大桥是一部史诗，建设者拼搏奋战，追求融入事业，事业激励人心，心中自有诗情。"余烈诗意地表达。

心中有诗和远方，但现实很骨感。"立项初期，每一步都走得很难，各方意见不统一，很多地方达不成共识，"回顾最初几年情况，余烈深为感慨地说，"好几次都觉得坚持不下去了。"

巧妇难为无米之炊。港珠澳大桥建设的资金筹措、还贷、回收问题一直备受社会各界瞩目，直至2008年8月，粤港合作联席会议第十一次会议才确定大桥海中桥隧主体工程采用"政府全额出资本金方式"，并定出了具体数额。但"资本金以外部分由粤港澳三方共同组建的项目管理机构通过贷款来筹集"。

政府出资做这样的大项目建设，这在香港和澳门都有非常复杂的程序。而融资既涉及三地不同的市场操作，不同区域繁复的法律手续，还有银行选择、比例分配、资金监管等系列的不确定因素和问题。沟通协商、谈判条件、选择银行，2011年1月7日，港珠澳大桥主体工程项目银团贷款协议签约仪式在广州举行。在三地委代表的见证下，港珠澳大桥管理局与由中国银行广东省分行、中国进出口银行、珠海市农村信用合作联社、中国邮政储蓄银行、国家开发银行、中国农业银行广东省分行、东亚银行珠海分行、南洋商业银行广州分行组成的银团正式签署了项目银团贷款协议。

仓里有粮，心中不慌。锅里有米，才有袅袅炊烟。但余烈笑称："有了米菜，还有如何做成美食的问题。"

大桥管理局成立后余烈任副局长，分管工程管理、安全环保等业务。2011年，余烈写出《港珠澳大桥关键技术难点分析和项目法人管理述评》的文章发表在管理局主办的《港珠澳大桥》杂志上。他在文中写道："港珠澳大桥建设者应树立'自主建设、国际胸怀'的理念，以最好的技术应对工程结构耐久性的'三大挑战'（就本桥的'工程耐久性'而言，面对'承台、墩的预制拼装''钢结构疲劳损伤'和'钢桥面铺装'三大挑战）、推行现代工程管理，把精细化管理做到极致。"建设与管理融合应对挑战，以现代工程的精细化追求极致，在余烈心中明朗清晰。

在港珠澳大桥主体工程即岛隧建设中，"半刚性"沉管制作方法是最富代表性的工程创新技术之一。沉管一旦渗水、漏水，影响的不只是隧道，更是危及整个大桥。余烈知道，过去国内大桥有限的沉管隧道长度、技术要求的有关经验、数据都不足以支持这次的标准。多次的出国考察，余烈也了解到世界各国有关钢筋混凝土沉管隧道的建设经验中，只有刚性和柔性两种方法。紧迫的创新攻关日益推进，以林鸣为总工程师的中交股份有限公司联合体、港珠澳大桥岛隧工程项目部技术攻关团队，最终采取了"半刚性"这一领域独步的大胆创新方案。策划、试验、获取数据，组织、协调、回答质疑，终于，"半刚性"这一大胆构想变成了现实，港珠澳大桥岛隧沉管实现了滴水不漏的宏伟目标。"这其中的反复、协调、沟通，直至做出决定，十分考验人的耐心和毅力。"余烈微微一笑，仿佛如今才如释重负。

"重负并未放下。"余烈说。但他脸上的笑容从未消失，哪怕说着并不轻松的话题。在大桥建设十五年的磨炼中，和任何人交流，他脸上总会带着笑容，体现真诚，处变不惊，为坚定"靶向"加持。

这种加持，可以从余烈投身港珠澳大桥建设的第一天开始，至今每天一篇日记从不间断中看出，他的执着与用心，是对自己的重塑，重塑他开创人生的新姿态、新追求。

在积累与沉淀中加持开拓

人生是积累，工程建设有历史沉淀。在积累与沉淀中加持，在探索与创新中开拓，成为港珠澳大桥管理局管理这一世界超级工程的历史行程。

这行程意味深长。

　　余烈介绍："港珠澳大桥整个工程的银行贷款部分为270多亿元，在整个港珠澳大桥项目投资的1200亿里面，需要偿还银行的就是这270亿，将来主要依靠收费还贷。"为此，大桥管理局正在谋划有关商业性开发，包括大桥文化事业建设。

　　说到大桥文化，余烈心中似谋划已久："港珠澳大桥不仅是一座世界超级跨海大桥，也是一个内涵丰富、意义深远、价值巨大的文化宝库。从工程技术、人文精神到大数据开发应用，都具有可持续发展远景。"似是向社会释疑，余烈具体而概要地说道："这座大桥本身的财务效益，既要近看，更要远观。大桥的前期可行性研究阶段已有结论。因为它本身是一个公益性基础设施，主要是改善投资环境及区位条件，尤其是为了粤港澳大湾区国家战略的实施，作为'一带一路'建设重要的节点，这个社会效益一定是非常好的。"

　　从大桥工程说到大桥文化，余烈又微笑地说出他的身份变迁：建设者、管理者；工程师、政工师。在角色转换中适应社会发展，在人生前行中靶向精准。

　　这是余烈的又一次追求与加持。

　　充分保护海洋环境，是世界海上大桥建设的守则。港珠澳大桥路线走向确定后，专家们发现路线要穿过的地方有中华白海豚保护区。那时世界上对白海豚的研究都有限，余烈他们对白海豚的认识都是门外汉。于是管理局就组织研究团队设立专题研究，与海事、环保、海洋、渔业、白海豚保护组织等部门加强沟通合作，制订工作方案，并引入安全、环保专业顾问团队咨询服务，精心构筑适合项目建设特点的组织、制度、培训教育、预控防范、检查考核、事故应急"六位一体"HSE管理保障体系。保护工作中，他们了解到一个重要发现：白海豚对周围的物体辨别不是靠眼睛，而是通过发出的声呐反射来判断。如果施工中出现较大震动，就会把白海豚的声呐震坏，它们无法确定周围的障碍物，严重时甚至会被撞死。所以专家们研制出了一套严密措施，在500米内无海豚，才在这个地方开始施工。通过执行严格的保护措施和施工规范，终于有效地解决了白海豚保护问题。从大桥建设施工到现在，不仅没有伤害一只白海豚，白海豚的数量更是有增无减。

"沧海一笑声，滔滔两岸潮。全程护此节，平安到基槽……且行且珍惜，心轻逐浪高。春风吹雾去，回望第一桥。"

大桥沉管隧道最后一个管节（E30）安装时，余烈随海事团队参与海上浮运安装安全保障工作，对接顺利完成后，他夜不能寐，作此诗以抒胸怀。他告诉笔者："人生有无数回望。但这'第一桥'将是我心中永远的'第一'。"

在这心中"第一桥"靶向追求的前行队伍中，大桥管理局总工程师苏权科的靶向与加持又别具一格。

2018年8月13日，由中交四航工程研究院有限公司、清华大学及广东省土木建筑学会联合主办的"第一届国际海洋工程长期暴露试验学术研讨会"在广州举行。来自日本、南非、古巴和中国的专家学者分别在大会发言，介绍、交流、研讨世界重大桥梁建设工程的耐久性"暴露试验"技术成果，展望未来。所谓"暴露试验"就是为解决耐久性难题在海上设立混凝土露天实验站，长期试验、观察，作为海上大桥建设的数据参考与技术支持。苏权科应邀在大会作题为《长期暴露试验与港珠澳大桥耐久性保障》的发言。他介绍一个细节：中国交通部在全国设有8个试验站，其中在广东省湛江的一处设立于1987年，其试验至今从未间断。

"湛江的试验技术参数为港珠澳大桥的耐久性提供了极为宝贵的资料和技术支撑。"在会间休息的采访中，苏权科告诉笔者，"湛江试验场与伶仃洋地处相同海域，水文环境、海洋气候接近，这里的试验数据对港珠澳大桥的参考和价值更为理想。"说到这，他微微一笑说："从这一角度说，攻克港珠澳大桥120年使用寿命的耐久性技术难题和圆满方案的制订，不是凭空而来的，首先是有着我国建设海上大桥多年宝贵的技术准备和经验积累。"

注重试验、勇于实践、激励创新，也是苏权科在专业领域坚定前行的探索轨迹。他本科读物理，研究生读桥梁与隧道专业，一以贯之，他便把硕士论文选题确定为"三向预应力混凝土受力性能研究"。在20世纪80年代中期，这一研究在国内外都具有前沿意义。为了验证和完善自己的研究，苏权科带着课题在两座大桥建设工地一待就是大半年。最终，他的研究不仅解决了在建大桥项目的某些关键性技术问题，也为国内三向预应力混凝土结构设计作了开拓性探索和验证，这一成果后来获得陕西省交通厅科技进步一等奖。

旗开得胜，苏权科放眼未来规划自己的职业生涯。他瞄准了改革开放前沿且江多河多建桥机会多的广东。他先后在广东省交通科研所、省公路工程质量监督站工作，1990年底被选拔参加交通部首届工程监理培训班。培训结束后，他筹建广东省公路工程监理站。

监理，对此时的国内桥梁建设来说还刚起步。就在此时，苏权科被派往开始建设的广东汕头海湾大桥任驻地监理、计划合同部主任。汕头海湾大桥是我国第一座按照高速公路标准修建的大型预应力混凝土悬索桥，其混凝土加劲梁跨度名列世界同类型桥梁纪录第一。

一座有着世界领先技术的跨海大桥，一个刚刚懂得监理的年轻新手，就这样开始了他的"靶向"追求，一路奋斗，来到港珠澳大桥。

珠联璧合交辉相"印""中国标准"

2004年春，苏权科从广东省公路工程监理站总监理位置被聘任为港珠澳大桥前期协调小组办公室技术负责人，负责工程可行性研究和初步设计的组织管理工作，大桥管理局成立后，担任总工程师。

作为总工程师，苏权科此前的职业生涯心血倾注于监理。从汕头海湾大桥制定监理规范开始，到起草出国内第一部《悬索桥监理细则》，让苏权科记忆最深的是大桥混凝土防海水腐蚀问题不是简单照章解决的。

此前，我国桥梁建设在混凝土防腐蚀方面大都沿用苏联的技术规范，局限于水运工程领域的理念。横跨入海的汕头海湾大桥建设已不是这一技术要求和理念所能满足。设计施工之初，监理方向施工方建议应该引进混凝土防海水腐蚀和钢结构阴极保护的设计施工理念，同时要求业主方提供相应材料样品。但困难重重，双方争执不下。怎么办？苏权科没有回避问题，他也决不会绕过问题。在监理站团队的多方努力下，他们终于从广州的交通部四航局研究所获得有关材料的实验数据，通过采用一定配合比和厚度的普通硅酸盐水泥解决了这一技术难题。从业主到施工单位，各方达成一致，选择了这一在当时是最好的技术方案和材料选择，汕头海湾大桥由此成为我国较早在公路行业采用防海水腐蚀技术的跨海大桥，取得了理想效果。

1996年12月，厦门海沧大桥开工建设，在交通部的直接指定下，富有实践经验的广东省公路工程监理站担任总监理单位，苏权科和他的技术团队又一次出征。这一次，苏权科系统总结自己的监理经验，参考发达国家的管理规范，主持制定了国内第一套桥梁监理工作管理流程范本，从技术管理到质量管理，对监理工作各个环节的考核评价制定了一套量化标准。

海沧大桥是亚洲第一座、世界第二座3跨连续全漂浮钢箱梁悬索桥，代表着20世纪中国建桥水平的最高成就。大桥完工后，苏权科不仅个人获得多种荣誉，他所在的单位更成为国内十大知名监理品牌之一。他一鼓作气，结合实践，接连写出《桥梁施工违规纠正手册》《交通工程设施监理指南》《桥梁施工监理方法与要点》三部作品。凝视这三本心血之作，就像当年怀揣那个省级一等奖激情奔涌南下广东一样，他激情再燃，期待新的出征。

机遇总是在有准备中到来。"海沧大桥完工后，我一直在想，世界一流的桥梁到底是怎样的？应该追求什么？"在珠海港珠澳大桥管理局的办公室接受笔者采访时，苏权科向笔者详尽回顾他十四年多来的亲历，这样感言，"我们是在自己的摸索发展历程中，在向世界桥梁界同行的学习、与之合作中实现了超越，清楚了什么是世界级大桥，建起了这座世界海上超级大桥。"

苏权科和专家们曾专程去多座世界海上知名大桥考察，开阔了眼界，增加了信心，同时引来了合作。他介绍，为了解决港珠澳大桥120年寿命的难题，对近在眼前的香港，他更是看遍了那里所有的桥，包括建好的和正在建的，受到诸多启发。"香港方面对我们也很热情，他们的设计图纸、数据资料、技术报告、设计施工标准，都对我们开放。"苏权科说起香港同行，感慨颇深，"我们能弄到的资料，全部弄回来。'一国两制'优势在港珠澳大桥建设中得到了很好的发挥，三地携手合作，为大桥建设注入了强大动力。"

苏权科认为，世界一流大桥，既有世界前沿的桥梁工程技术，还有独特的工程项目创新与创造；既使用现代化大型装备、最新的先进材料，又有工业化大生产的组织、管理施工；既有高标准的设计使用寿命，还有完美的景观文化实现。"在各地考察回来后，我们制定出了港珠澳大桥技术标准。有了标准才有方案。经过反复论证，我们提前制定了5个方面的标准，包括设计、施工规范、检验评定、运营维护和费用。然后逐步细化实施，全面实现目标。"苏权科如数家珍，一一道来。

2018年2月6日，港珠澳大桥主体工程交工验收会议在珠海召开。会议成立了以苏权科为主任的交工验收委员会。会议认为，港珠澳大桥主体工程质量保证体系完善，符合设计及技术规范要求，工序控制严格，工程质量可靠。根据验收办法的有关规定，具备通车试运营条件，同意交付使用。

"从过去'桥通路平'历经'桥大路长''路桥媲美'，现在迈向'人物共造、珠联璧合'，这是改革开放以来中国桥梁建设不断发展、不断提升的跨越与升华，并向世界贡献桥梁建设的中国标准。"苏权科这样深情表达。

说到"珠联璧合"，苏权科在他办公室偌大的港珠澳大桥图纸前声情并茂介绍：港珠澳大桥两端及中间共有四个人工岛，仿如珍珠相串，与6.7千米长的海底沉管隧道恰似"明珠"与"金链"缀于超级工程皇冠上，而寓意三地合作共建大桥的九洲桥、江海桥、青州桥三个大型桥塔和桥面拉索造型又别具风采；与海岸线、城市高楼形成远近景的九洲桥风帆塔似风帆高悬，江海桥上海豚造型栩栩如生，全桥最高青州桥塔高耸的中国结如同海上灯塔指引行船。精美设计与建设还向科技内涵和景观美学的每个细节深化：桥的每个拐弯处都吻合水的自然流动和规律，减少阻水而让海水流向自然；两个人工岛上的房屋采用广东骑楼建筑，深具岭南人文景观特色；三座通航孔桥跨以桥墩在海水上的高度和桥上的拉索之高设定于黄金切割法的最优之比，整体视觉美不胜收。圆弧造型的珠海收费站如同一个巨型锚碇，中间指向苍穹的大柱又似定海神针。

远眺整座大桥，似航船起锚扬帆，出海远航；又如蛟龙出海，起舞长空。无论远眺近看，抑或深察细究，港珠澳大桥的整体视觉、品质内涵，无不展示"珠联璧合"这一中国成语的完美之义。

"这是一代代中国桥梁人与时代建设者创造智慧、民族情怀的凝结与弘扬。"苏权科说得意味深长，"港珠澳大桥形成了一整套建设与管理标准，这是世界大桥建设的'中国标准'。随着'一带一路'的推进前行，这一'中国标准'将为世界作出我们独特的贡献。"

独特贡献源于中国智造，独特贡献定格于中华民族复兴新时代；独特贡献凝结于共同的精神追求，独特贡献是建设者心灵"金丝线"凝成的珠联璧合。

第二章

匠心独运

人类文明向前，以精神火炬引领，以智慧创造开拓。毋庸置疑，人类文明的历史是人类的心路历程，是一部心灵史。

港珠澳大桥以世界海上超级大桥的雄姿与壮丽闪耀着中国建设者的创造情怀，展示一个民族的智慧心灵，高扬一个时代的创新精神。

岛隧工程是港珠澳大桥的控制性工程。它由海底沉管隧道和东西两个人工岛三大部分组成，集合了大桥建设最复杂的技术、最密集的风险和最具挑战的创新。如何攻坚克难、化解风险，如何匠心独具、大展宏图，是考验和展示大桥建设者意志、智慧与创新的焦点。

焦点闪烁，凝于匠心。

如同金子就发光。匠心闪耀心灵与情怀的光华。

岛隧工程的建设者们怎样独具匠心？如何匠心独运？建设者们怎样迎难而上，呈现出心灵深处怎样的智慧与创新光华？

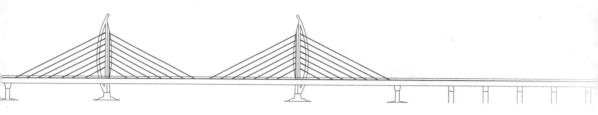

匠心是怎样练成的

————

恒心与丹心：他视人生如长跑，风险意识塑造化解行为

这是一幅关于匠心的神奇场景。

一位郢（楚国的都城）人木工刷墙时，有小点飞泥落在他的鼻尖上。一位叫石的木匠顺手抡起手中的斧子把泥砍斫下来，鼻子毫发无损，郢人面不改色。

这就是我们常说的又一美好成语"匠石运斤"的由来，语出《庄子·徐无鬼》。庄子，春秋战国时哲学家，他继承和发展老子"道法自然"的观点，认为"道"是无限的，"自本有根""无所不在"，他强调事物的自生自化，否认有神的主宰。

历史在传承中前行，时代在弘扬传承中进步，文明在传承与创新中绽放。匠石运斤的品质与传奇，在林鸣——这位中国交通建设集团股份有限公司（以下简称"中交股份"）联合体港珠澳大桥岛隧工程项目总经理部总经理、总工程师身上，传承创新，渐臻壮阔佳境。

这佳境，一样是从他化解风险开始的。

这是新世纪伊始之时。2000年，林鸣参加江苏润扬大桥建设，被任命为项目经理。他们肩负的项目是大桥最难的，也是被称之为大桥"生命基座"的锚碇开挖。润扬大桥悬索桥的北锚碇由近6万立方米混凝土浇筑而成，而浇筑前必须先挖一个9个半篮球场大、16层楼房高的大基坑。基坑外不到70米处，滚滚长江奔流不息。如果支撑大坑四周的墙体抵挡不住坑外巨大的水土压力，坑内作业人员都将无路可逃。一次，当坑挖到20多米深时，他突然发现支撑四壁的钢筋混凝土架子变形到了最大限度。这意外使工程立刻中止。几天后，施工队在距墙23米外，重新修起一道高压旋喷桩，解决了基坑内的变形现象。但坑底作业恢复的第一天，工人们很害怕，没人敢再进基坑底部。

风险，急难；心惊，人慌。林鸣二话没说，搬起一把小板凳下到基坑最深处坐下，如同匠石运斤，他以镇定之情告诉大家："坑底安全是经过反复论证有保障的，我陪着大家"。

林鸣稳如泰山，工人们心定神稳。大家不再犹豫，勇敢上前完成这令人心惊肉跳、又让人感动不已的险难任务。

多年以后回顾这一幕，林鸣这样动情而坦诚地说："其实，我当时还是有些忐忑的。我比工人更深知岩土工程的风险性和出事的后果。但是，我作为项目负责人，必须待在那里，站在一线。"

这就是林鸣面对风险的思考，面对风险的睿智，面对风险的担当。

又一次风险说来就来。

2013年5月2日，港珠澳大桥岛隧工程第一节（E1）沉管沉放之时，几乎相似的山崩于眼前的情况再次出现：沉管海底基槽淤泥厚积，需要技术员潜入海底排淤，人们一时面面相觑。林鸣再次一把小凳置地，他端坐相伴，和大家一起冒着风险处理回淤。96个小时，他率领团队化解道道风险，终于完美收官这沉管隧道第一管节沉放对接"首场秀"。

这是港珠澳大桥建设中令人难忘的一幕，这是岛隧工程无数风险中日常的一次。

岛隧工程为什么有那么多风险？是哪些主要风险？

2010年12月21日，在港珠澳大桥专责小组和三地委的见证下，朱永灵和中交联合体代表、中交总裁刘起涛签署港珠澳大桥岛隧工程设计施工总承包合同。担任总承包的牵头人为中交公司，联合体由丹麦科威国际咨询公司、艾奕康有限公司、上海市隧道工程轨道交通设计研究院和中交第四航务工程勘察设计院有限公司组成。林鸣挑起项目部总经理、总工程师重任。

岛隧工程举世瞩目。其中总长6.7千米的沉管隧道是目前世界上综合难度最大、沉管隧道最长、沉管埋置最深的沉管隧道。港珠澳大桥是世界超级大桥，岛隧工程是世界超级工程。这如同一条穿越历史的时光隧道，通向建设者心灵。

"超级工程更具挑战性、风险更大。"采访中，林鸣一口气数出九大风险与挑战。岛隧工程结合、长距离通风及安全设计、超大管节的预制、复杂海洋条件下管节的浮运和沉放，高水压条件下管节的对接以及接头的水密性及耐久性、隧道软土地基不均匀沉降控制等技术均要达到世界最高水准。沉管隧道东西人工岛的深厚软土的加固处理，人工岛各部分差异沉降的控制，与沉管隧道的连接，岛、隧运营阶段的可靠性及耐久性等技术，无不具有世界挑战性。

项目特点除了超大型工程所普遍具有的规模大、工期紧、难度高、风险大等共性外，还具有社会关注度高、三地政府共建共管、采用设计施工总承包模式等特点，以及白海豚保护区、复杂的通航环境等限制条件。

为抗风险，林鸣和团队借鉴世界经验，国内外奔走考察，与团队博采众长，与伙伴风雨兼程。然而，比劳其筋骨更令他揪心的还有苦其心智。

2006年，林鸣带领工程师们到韩国釜山考察正在建设中的釜山至巨济跨海大桥。但对方仅安排他们乘坐交通船，在距离沉管隧道抛石整平船数百米外的水域绕了一圈，他们最终带回的仅是一张现场远景照片。2007年去欧洲考察寻找合作伙伴，一家世界知名的沉管隧道咨询公司同意提供20多人的团队，负责沉管浮运安装施工技术咨询，但要支付1.5亿欧元的咨询费，这相当于10多亿元人民币。

"天价的咨询费买不回核心技术。"压抑着心中的憋屈，林鸣痛楚表达。

激情奔涌，匠心难抑，自尊与气节升腾。"封锁得了技术，封锁不了我们的心。"林鸣坚定地向大家表示，"创新靠自己。"

风险密布，居安思危。"风险意识塑造行为。"林鸣如此感怀，如此表达他对岛隧工程风险丛生的认识、担当与应对，培养团队的风险意识与化解风险准备。

林鸣喜欢长跑，甚至是酷爱长跑。这从什么时候开始的？为什么会喜欢上？他没有细说过，接受各种采访被问到时，他开怀一笑：人生如长跑，有健壮的身体才能跑到胜利的终点。

采访到心灵深处并非易事。对他来说，终点似乎不存在。于是，他向团队、向每一个人坚定而执着地提醒："每一次都是第一次。"

在港珠澳大桥十年拼搏，在岛隧工程东西两个人工岛快速筑成的每一锤，在33节沉管隧道管节预制生产与沉放对接的每一节，这句话是他的口头禅。这是他工程师职业的矢志追求，这是他对团队员工的千叮咛万嘱咐，这是他化解风险的丹心与恒心。

这也是长跑吗？这会有终点吗？

风险常在，人有生死，丹心永存。放眼伶仃洋，林鸣觉得自己一点也不"伶仃"。因为自己身后，有一个强大的团队，更有今天日益强盛的国家。一个人不过沧海一粟，千万个人，就是澎湃大海。

涛声依旧，不见当初的夜晚。

沧海桑田。"留取丹心"又有时。

奔跑与奔忙：快速成岛，"当年开工，当年成岛"，改造得世界变了样

2011年5月15日。

这一天，港珠澳大桥岛隧工程西人工岛，第一个直径22米，高50米，单体重约500吨的巨型钢圆筒，在世界先进的8锤联动振沉系统的强大动力下，稳稳插入海底三十多米深处，垂直精度如愿以偿。

东西两个人工岛，是在水深十余米且软土层厚达几十米的海中建造的两个离岸人工岛，连接港珠澳大桥海底隧道两端，由此实现海中桥隧的转换衔接。岛隧工程，先成岛，才可建设隧道。

国外公司认为，建成岛隧工程至少需要十年。但林鸣的团队却要在六年之内完工，成岛时间更只有两年。很多国际知名工程承包商望而却步。

风险与挑战面前，林鸣带领团队迎难而上。他语出惊人："两年时间还可缩短。"他大胆构想："当年开工，当年成岛。"

底气在哪？怎么快速成岛？有何妙法？

2006年5月，中交成立港珠澳大桥投标领导小组办公室，负责大桥工程前期投标工作。林鸣带领一批行业专家学者一次次奔赴珠海实地考察，用三年时间在多个不同环境试验获取技术数据，为投标编制出了厚厚一册《港珠澳大桥工法指南》，为前期工法可行性研究打下了坚实基础。

匠心独具，心心念念。2008年，林鸣曾提出利用大型钢圆筒进行深海构筑的办法。但被多方专家质疑，一时搁置。

岛隧工程项目部总营地驻扎珠海市淇澳路1699号，相伴伶仃洋。海边大道景色宜人，每天沿这一大道10千米的长跑，正是林鸣思考问题难得的独享时光。时光荏苒，如今海风拂面，吹起了他原本茂密而现在开始稀疏、由乌黑而显花白的头发。沙石泥泞，他双腿却迈得坚实有力。

搁置不是放弃。林鸣告诫自己。如同海水有顺流、逆流、回旋，人们搏击大海，顺势而为，就能化解风险。关键是如何顺应流向，闯过回旋，成为浪里好汉。林鸣身材魁梧，意志坚定，见到健壮自信的他，"好汉"一词便会在人们脑海油然而生。

正是奔跑在这条"跑道"，面对大海而受启发，林鸣开始转换思维。他立即向全国设计大师王汝凯正式提出这个方案，请他以否定这个方案的思维，提出这个方案的不可行性，通过否定、碰撞发现方案的问题，找到解决的办法，获得快速成岛的可行性。

正反碰撞，别出心裁。涌动在林鸣心灵深处的创新，体现着通过从逆向否定推向排除，而至肯定的螺旋式升华，获得预期结果的匠心。

匠心，是专注在心；创新，是独辟蹊径。

三个月后，王汝凯大师对林鸣说：否定不了。但王大师提出了三个需要解决的问题，同时组织开展八个攻关课题研究，包括钢圆筒的稳定计算理论、钢圆筒筒体结构设计、振沉技术及振沉工艺、止水方案等主要环节，经过三个月研究，他得出结论：大圆筒快速成岛施工方法是成立的。

林鸣一听，心中大喜。化解风险，信心倍增。接下来的大半年时间，他和同事们夙兴夜寐，把这些问题一一解决后，正式推出这一实施方案。心有灵犀，业主方认可。

利用大型钢圆筒进行深海构筑，就是用巨大圆形钢筒组成人工岛框架，在筒和筒之间的两米间距采用钢板连接起来，可以形成稳定安全的岛壁结构，再通过填沙，在深海形成人工岛。宛如一串项链，而这串项链的每个"明珠"则是直径22米、高度最高50米、重约500吨的钢圆筒。西人工岛需要61个这样的"明珠"相串。

在港珠澳大桥香港口岸人工岛工程中，日本一家企业推荐了传统的钢板桩方案，便希望能在这两个人工岛中也采用这种工艺。这个方案是将一条条0.5米宽的钢板插入海底。早在人工岛建设之初，林鸣他们已想过这个方案。但这样一来，22米宽就要插打40多次、会产生40多个接口，其工艺流程就很复杂，止水也存在更多不确定因素。

有了王大师的逆向论证，林鸣有了底气，信心坚定：走自己的路。

一个创新而开拓的构想由此从心中涌出。用钢圆筒做人工岛防护结构，不仅可以大大减少船机及海上作业的时间，大圆筒还有良好的稳定性和止水性能，为后续工作提供了一个稳定的环境。

虽然有了前期论证与构想，但具体技术操作和工艺工法如何实现？

攻坚克难，不可一蹴而就。化解风险，需要矢志不渝。

依据这一方案，林鸣又开始新的"奔跑"：解决工法技术难题。

他深知，快速成岛工艺，关键在于钢圆筒如何从制造到振沉，实现完美阻水围护效果。钢圆筒除开它的高度，还有它的超大面积：横截面积接近一个篮球场。这样众多的庞然大物，如何进行制作、运输和振沉，在中国未曾有过先例。即使在全世界深海筑岛工程中，这一工艺也是首次使用，经验欠缺，尤其完美阻水，更是期待神通。

"整合全球资源，自主创新工艺。"林鸣再次在心中提醒自己，放眼世界寻找新的对标。

四面来风，八方合作。经过多次调研和专家论证，聚合中交系统内部上海振华重工和航务工程局的优势资源，把钢结构制造、运输、安装与水工、疏浚有机结合，一条工程产业链形成。钢圆筒在上海振华重工长兴岛基地制作后，从上海航运至伶仃洋施工区域。配套的振沉设备，在全世界知名企业内进行多轮比选，确定由美国APF公司与中交旗下的一航局、振华重工联合，完成了世界上最大的8锤联动振沉系统研发。

一个个巨大的钢圆筒振沉入水，一颗颗璀璨"明珠"珠联璧合。

2011年12月21日，在完成西人工岛成岛后，东人工岛最后一个钢圆筒振沉完成。

221天，由120个钢圆筒组成的两个10万平方米的人工岛快速建成。

"当年开工，当年成岛"的大胆创新构想，化为美丽现实。岛隧工程第一个战役完胜。

旗开得胜，怎不令人鼓舞，林鸣心中快慰有加。这天清晨长跑，他一口气奔跑到淇澳大桥前，站立桥头，驻足远眺人工岛，放眼淇澳，思绪飞扬。

淇澳，珠江口西岸一个20多平方千米的海岛。它四面临海，北与珠江虎门入海口相对，西隔珠海唐家镇，东接内伶仃岛，距香港海域最近处不到20千米。当年胡应湘先生倡议兴建伶仃洋跨海大桥的一端便与此处相关。彼时梁广大等珠海市决策者曾力主建设横跨内伶仃洋、连接珠海与香港的伶仃洋大桥。因地理位置独特，淇澳岛被确定为跨海大桥的珠海方起点。2001年1月，淇澳大桥建成。

淇澳大桥修建之前，林鸣于1992年担任珠海大桥建设项目经理，在此奋战两年。1994年，他以淇澳大桥项目经理身份为淇澳大桥投标再次来珠海，开始前期工作。遗憾的是这次未能如愿。但他对伶仃洋上建设大桥的心愿从未放下。

人生机缘，总是相伴时代机遇与人生追求。亦如朱永灵结缘港珠澳大桥，林鸣这位港珠澳大桥的建设者、功臣，人生追求不止，适逢时代机遇。有志者事竟成。如今投身港珠澳大桥建设，担负起岛隧工程这一历史重任，一路走来已深情相系二十年。

他对淇澳岛了如指掌。淇澳岛自然景色优美，"九湾十八峰"名闻遐迩，被誉为"珠海十景"之一。1833年10月，淇澳岛百姓奋勇抵抗从澳门而来贩卖鸦片的英国武装集团，成为鸦片战争前中国人民自发组织的一次较大规模的反抗外来侵略斗争，彪炳史册。

淇澳岛，是中国工人运动的先驱和领袖苏兆征的故乡，这里建有他的陈列馆。这位中国共产党早期的重要领导人，曾参与领导震惊中外的"香港海员大罢工"和"省港大罢工"，为中国人民的解放事业奉献一生。

"咱们工人有力量，改造得世界变了样。"

眺望淇澳岛，这首从小熟记于心的歌曲旋律，顿时在林鸣耳畔响起，久久回荡。

打破与绽放：打破常规，创新之花绽放；真金不怕火炼，百炼成钢

站立在淇澳大桥，林鸣思绪霎时与桥相接，一座座桥的联想在他脑海挥之不去。

桥，这个自己一辈子为之奋斗、不离不弃、心血浇灌、融入生命的人生图腾与梦想，林鸣是如此难以割舍。从眼前的淇澳大桥，他想到了家乡的八字桥。

林鸣家乡兴化市位于江苏泰州，兴化古称昭阳，又名楚水，历史悠久，文化名胜众多。兴化在长期的历史进程中逐渐形成水乡的特色文化，留传下的非物质文化遗产非常丰富。八字桥位于老城区中心地段、四牌楼东侧，即东城内大街与北城内大街交会处，横跨南北流淌的北市河上的一座单孔花岗岩石桥。据《咸丰重修兴化县志》载："一名登瀛，东来之水，自此而北。中和、永福两桥跨之，参差如八字，曰八字桥。"据有关史料记载，八字桥始建于明成化二年（公元1466年），距今已有近550余年历史。

从小耳濡目染，林鸣对家乡这些历史名胜和文化古迹情有独钟。1974年中学毕业后，他在家乡的机械厂、化肥厂做过钳工、起重工、铆工，这一双手，与各种机械、工具打交道，磨炼出分寸、轻重、各种材料的手感。更让他有深刻感受的是，工欲善其事，必先利其器。而这器，正是智慧所致，能工巧匠所为。家乡那座八字桥，不就是因势利导，八字造型，顺水推舟，巧夺天工？家乡另一位大师郑板桥，这位清代"扬州八怪"之一的著名书画家，不也是独出心裁，书画之作巧夺天工？

这让林鸣心驰神往，也使他明白：匠心，是打破常规，巧夺天工。

"文革"后恢复高考，林鸣如愿以偿，1978年秋考入南京航务工程专科学校（现东南大学），就读港口水工建筑专业，他由此开始了心神凝聚的匠心磨炼之旅。大学毕业后，他被分配到交通部武汉二航局，从修建码头做起，他精细入微，脚踏实地，识水性，钻技术，了解建设工程的方方面面。短短三年时间，他从二航局船舶处一名实习生奋斗到助理工程师、工程队副队长。武汉，这座著名"江城"，因长江及其最大支流汉水横贯市境中央，京广铁路、京珠高速从北至南并行而过，成为中国中部最大的水陆交通枢纽。置身其中，林鸣心旷神怡：何日，我可以造这样的大桥？大学里埋下的桥梁工程师之梦，种子在发芽，开始破土。

新芽破土，打破才有希望。花开在枝，绽放已是新生。

正是从2000年江苏润扬大桥建设那次打破常规，用生命作赌注、恍如新枝绽放、重获新生的经历，林鸣由衷体会到：建好一座桥需要身心付与，还要学会用最佳方法解决复杂问题，勇于破题，化解风险。

真金不怕火炼。打破常规，生命之花绽放。

总有一种力量在激励他前行。百炼才能成钢。

2003年1月至2005年7月，紧接润扬大桥后的南京长江三桥建设，林鸣任指挥部副总指挥长。南京长江三桥全长15.6千米，其中跨江大桥长4.744千米，主桥采用主跨648米的双塔钢箱梁斜拉桥，桥塔采用钢结构，为国内第一座钢塔斜拉桥，也是世界上第一座弧线形钢塔斜拉桥。该桥的两个"人"字钢塔高215米，其主体部分由90余块钢节段拼装而成，钢塔柱的弧线设计在世界上也是首次采用，其吊装施工工艺要求非常苛刻，国内外无相关经验可以借鉴。钢塔柱的单节重量在130～180吨之间，最大起吊高度超过200米，要求相应设备起吊能力超过3000吨米。为此，指挥部通过国际招标，请国际塔吊生产的"专业户"法国波坦公司为南京三桥量身定造了两台钢铁大力士。大力士身高252米，结构总重900吨，最大起重能力3600吨米。正是利用这两台塔吊，三桥的钢塔仅用五个月的时间就完成了全部吊装任务，比一般的混凝土桥塔施工提前一年时间。这一切，倾注着林鸣的心血。

心血换来的是，他参加建设的这两座大桥，分别获"国家科技进步二等奖""交通部科技进步特等奖"。他匠心收获的，是"江苏省五一劳动奖章""江苏省五一劳动金奖"。

三十年的职业生涯，林鸣走遍大江南北，建起的桥梁矗立祖国大地。投身港珠澳大桥建设，他先后荣获"全国优秀共产党员""全国劳模""全国五一劳动奖章""全国建筑业企业优秀项目经理""中央企业优秀共产党员标兵"等荣誉和称号。

匠心如丹，恒心常在。他的追求没有停步。一次去日本考察，林鸣看到一幅东京湾横断公路图，那里面有一个离岸岛，他心中激情再燃：何日，我有机会建一座这样的岛？

港珠澳大桥东西人工岛的完美建成，如今梦想成真。然而，两个人工岛建成，连接两个人工岛的沉管隧道建设，尤其是沉管的沉放与连接还未开始。更为艰难、更具挑战与考验的重大技术关口还在后头，更大的风险与考验、更重的责任与担当，在等着他。

打破与绽放，召唤在前方。

海天之际，一轮朝阳喷薄而出，朝霞满天。

林鸣又一个深呼吸，甩开大步，迎着朝阳奔跑向前。

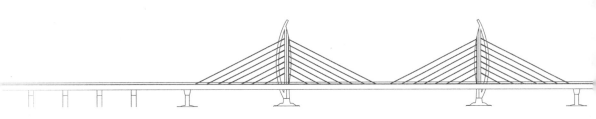

匠心独运是华章

"半刚性"：刚柔相济，一半是海水，一半是火焰

"半刚性"，是林鸣提出的岛隧工程沉管隧道的沉管结构方案。

这是介于节段式隧道（柔性）和整体式隧道（刚性）理念之间的整体解决新工艺。它"刚柔相济"，其性价比比单一的柔性或刚性更高，节省了预应力钢绞线剪断的费用和时间，同时提高了沉管隧道水密性安全度。

这一技术与解决方案，是港珠澳大桥岛隧工程建设的创新，在世界海上大桥沉管隧道建设中首次使用。

然而，这"刚柔相济"的创新，经历了一半是海水，一半是火焰的"刚柔"考验。这一方案在经受世界权威挑刺，历经三年论证、协调后，才一锤定音。

这是一组"刚硬"的数据：港珠澳大桥沉管隧道是当前世界上第一个最深的深埋沉管隧道，传统概念沉管隧道只有刚性、柔性两种结构体系，但都仅适用于浅埋隧道，且外海沉管隧道施工核心技术一直掌握在为数不多的几家外国公司手里。港珠澳大桥沉管隧道有200多个水下接头，只要一个接头出问题，就前功尽弃。面对风险，权威的隧道专家提出"深埋浅做"的方案。一个方案是在沉管顶部回填与水差不多重的轻质填料，而且这需要增加十多亿元投资，且工期也会延长。另一个方案是在120年运营期内通过维护性挖泥，控制回淤物厚度，然而这需要花费数十亿元维护费。

"'深埋浅做'对工程虽然有了交代，但代价太大。作为工程师，我内心有一种'于心不甘'。"采访中，林鸣如此难忘而动情地告诉笔者。

壮志未酬，怎能心甘？

"能否从结构上找到一条出路？能否有化解风险的更佳途径？"林鸣在心中一遍遍问自己，面对伶仃洋、面向世界，他众里寻"它"千百次。

2012年年初，带着辞旧迎新的激越与思考，林鸣向年轻的团队提出从结构体系的角度进行研究，为工程创一条新路。

这是抵达柔软心腔深处的淬火与考验：一个个风险意味着工程实施的每一步都需要去探索，每一项精准技术都凝结创新，每一个探索与创新都是百折不回的以柔克刚，才至"刚柔相济"。

"刚"与"柔"引发林鸣更深入的思考，匠心一次又一次锤炼。

他想到那次去到韩国釜山考察虽只带回远景照片，但让他有了比较的坐标：伶仃洋海况比韩国釜山巨济岛海况更加复杂，岛隧工程隧道基床宽度和面积比釜山隧道更大，碎石基床精度要求更高。面对技术封锁，林鸣决定：靠自己的力量研发大型专用设备，并借此提升中国海工装备制造能力和水平。于是，他把目光转向了在中交内部进行资源整合，依托振华重工的研发制造能力，生产出高性能平台式抛石整平船"津平1"，很好地克服了水流波浪的影响，成功满足了沉管基床施工"毫米级"精度要求。

刚毅前行，化解风险砥砺于心。数年攻关，林鸣带领技术团队研究完成了沉管工厂法预制技术，集成开发了钢筋流水线生产、大型自动化液压模板、混凝土控裂、管节顶推等成套技术。一步步攻关、一次次化解风险，一次次创新，林鸣壮志如虹，心坚如钢。

2012年2月6日，林鸣主持召开第一次"外海沉管隧道施工成套技术"施工方案周会，成立了总体组和编写小组。他从国外请来了沉管隧道的建设专家，集合了中交系统内外的精兵强将，联合设计单位组成"智囊团"，在各项技术创新领域发起一次次攻坚行动。

攻坚融入心血力作。这一年，林鸣发表了《日本沉管隧道最终接头施工新工法》的论文。这是他和团队在岛隧工程设计与施工总承包合同签署后，对世界上沉管隧道最终接头的各种形式考察调研，尤其是对日本沉管隧道最终接头施工工法潜心研究的成果。寸寸柔肠，呕心沥血。这成果为港珠澳大桥最终接头的工艺创新作出深入思考，为后来的工法做了重要的理论铺垫和技术准备。

也是在这一年，他与技术团队设计采用了复合基床+复合地基的基础设计方案，构建了沉管基础施工监控管理体系，研制了深水抛石整平船、双体式沉管安装船、定深精挖船、清淤船、沉管精调系统、拉合系统、沉管沉放水下测控系统等十几项国内首创、世界领先的先进技术和大型专用设备，使岛隧工程建设如虎添翼。

激情燃烧，火焰升腾。升腾如柱，正气飞扬。海水奔涌，不掩其柔。柔情似水，山高水长。

2012年11月17日凌晨，苦思冥想、一夜无眠的林鸣，给时任岛隧工程总设计师的刘晓东发了一条短信："尝试研究一下半刚性。"刘晓东心领神会，两人一拍即合，冒着冬夜寒风，相聚办公室。火花碰撞，迎来朝霞。

在经过一系列实验和研究后，林鸣正式提出半刚性沉管结构方案，对原有方案进行修改和优化。

没想到，这个概念一提出，就受到质疑，更有外国专家毫不掩饰地说道："没有经验，你们有什么资格来创造一个新的结构？"

没有经验，就不可以探索，去创新？林鸣性格中没有"认输"二字，他也不想做无谓的争论。"地上本没有路，走的人多了，也便成了路"，他想起了鲁迅的话。外国人能做的事，中国人一样能做到。外国人做不到的事，他要勇敢地去试去闯去做。他要做第一个吃螃蟹的人，迈开创新第一步。

迎着风险，百折不回。林鸣率领技术团队一边埋头苦干，一边不断收集实验数据，细化方案设计，澄清外部各种质疑。他还专门组织模型试验，努力从原理上验证"半刚性"结构。他邀请国内外六家专业研究机构平行开展分析计算。三方合围，三足鼎立。攻克堡垒，林鸣一马当先。

2013年底，经过第五次技术专家组会议交锋，"半刚性"方案最终获得人们首肯。世界沉管隧道技术领域，中国工程师的创新、"半刚性"中国方案与"刚""柔"两性并肩而立。

打破常规，一朵奇葩绽放；破土而出，一棵新苗向阳而生。

而这前前后后，已经整整三年过去。

为岛隧工程执行了三个主要技术审查和咨询合同的荷兰隧道工程咨询公司执行总裁汉斯（Hans de Wit）先生对"半刚性"如此评价："荷兰的Piet Hein隧道是第一个保留预应力钢绞线的，运用了一些半刚性方法的基本概念。中国工程师们真正将这个方法提上了另一个台阶，实现了真正的创新，很好地展示了工程中的挑战是如何激发创新的。"

后来的事实证明，采用半刚性结构预制完成的沉管隧道基础沉降、水密性都达到了世界最好水平。

循着这世界水平线看过去，那刚柔相济，一半是海水，一半是火焰。

从"首场秀"到"终极安装"：丹心相伴五星红旗，匠心赢得世界尊重

岛隧工程的海底隧道共有33节沉管沉放。每一节沉放安装，都是一次扣人心弦的经历；每一个经历，都展示大桥建设者们的智慧凝聚与匠心独运。如今，那些壮阔的建设场面已经远去，风险化解已成历史华章。涛声依旧，匠心如歌。

如歌旋律，大海扬波，昭示启迪，回荡建设者永恒的匠心与情怀。

在E8沉管安装准备的关键时期，林鸣因过度劳累鼻腔大量喷血，四天内进行了两次全麻手术。而术后第七天，他又回到安装船上指挥作战，直到安装成功。

2014年11月，基槽回淤专题研究组专家、中交天津水运工程科学研究院副总工程师杨树森就查出肝部有问题，但他没告诉任何人，率领科研团队连续奋战在施工现场。E15沉管第二次安装时，他还在安装船上坚守了一天一夜。不久，杨树森被确诊为肝癌晚期。第三次安装前夕，他仍在病床上给现场打电话，沟通达一个多小时。E15沉管安装成功后，林鸣即刻前往天津，看望病房里的杨树森，在病床边告诉他港珠澳大桥的好消息。

"现在杨树森总工程师病情大有好转，我想是港珠澳大桥

这项国家工程完全占据了这位老交通人的精神世界，挽留住了他。"林鸣动情地说，"为了民族振兴，为了国家建设，为了港珠澳大桥，每一个建设者是在用宝贵生命、用赤胆忠心付与，在所不辞。"

这何尝不是夫子自道？

"二战伶仃洋"正值农历新年。春节，是中国人代代相传、最为安详分享一年全家团圆、新春快乐的时刻。但林鸣和他的队友们，这些大桥建设者们，却全然不顾，依旧奋斗在工地。

投身建设港珠澳大桥以来，林鸣的日程里没有假期。他以工地为家，他和工友们早已亲如一家。每一个万家团圆的春节、每一个短浅休息的周末，每一个可以称之为"节"和"假"的日子，林鸣就在他的一线"大家"，陪伴在"家里"这些坚守岗位的建设者亲人身边。

遥望繁华、坚守寂寞；一家不圆，万家团圆。伟大的事业，是伟大的建设者造就。国家建设，是为国奉献的劳动者情怀。

和工友们在一起对林鸣来说，不只是陪伴，更是用心给工友们营造更加美好的生活。项目建设任务繁重，建设者们几乎所有的工作时间都要和各种工程机械打交道。林鸣就要求对工程设备的工作环境进行人性化改造，在工作现场安装通风装置，并设置宽敞的休息厅、清洁的饮水处和统一的医药点，让工友们的工作环境得到尽可能的改善。工地的生活场域相对封闭，林鸣就想尽办法为大家营造健康、活泼的文娱环境，提升一线工人们的生活质量。他要求工地宿舍统一配备空调和家具，每个工区都要有足够的跑步机等健身器械，定期的电影放映和太极拳、健身操培训，更是让建设者们的业余生活有声有色。

2018年7月6日，岛隧工程项目部总营地，一场别开生面的硕士学位授予仪式在这里举行。57名大桥建设者，在悠扬的校歌声中，被华南理工大学集体授予硕士学位。为推进工程建设和培养人才，在林鸣的安排下，岛隧项目总经理部2011年拟定了人才培养计划，首期工程硕士班于2012年4月开办。此后，华工派出导师利用周末、节假日甚至大量晚上时间来营地为建设者上课，五年内先后有57名学员修满工程硕士的全部学分。至2017年底，57位学员陆续完成硕士学位论文答辩，获得硕士学位。

"项目建设终有时限，建设者要与伟大的工程一起成长，提升人生，更好报效国家。"林鸣对年轻建设者们如此深情寄语。

在工友们的记忆中，林鸣还有三个与国旗相关的故事。

2013年5月6日凌晨，"首场秀"的E1沉管第三次沉放安装的时刻，林鸣特意嘱咐工友们准备好鲜艳的五星红旗，当太阳升起的时候，插好在船舷边。他情怀激扬地说："让我们和飘扬的国旗一起，迎来今天的太阳升起，迎来这第一节沉管的首场秀时刻。"

2017年5月2日凌晨，沉管隧道完成最终接头安装的时刻到来。然而，就在这节骨眼上的"最后一步"，意想不到的偏差出现了。但测量人员同时报告：沉管结构不受影响。"不行。120

年的设计使用寿命，不能留下任何遗憾。"林鸣坚定回答。长达四个小时的集中会诊，四十多个小时的再吊装、沉放、精调后，最终安装成功。至此，经过建设者们六年多奋战，港珠澳大桥沉管隧道顺利合龙，"终极安装"圆满画上句号。

这一次，林鸣要求所有建设者都穿上绣有五星红旗肩章的工服："我希望五星红旗能激起参战人员的使命感！我们是在为国家完成这项超级工程！"

更有一个工人们津津乐道的故事。

2016年3月2日，林鸣一行到荷兰了解岛隧工程沉管最终接头止水的有关试验情况，TEC公司知悉后便特邀林鸣一行到TEC总部访问。当走进TEC公司大门，公司专程为林鸣一行升起五星红旗。庄严的中国国旗置于两面不同国家的国旗之间，以示深情，向中国客人表达致敬。林鸣深被打动："中国建设者用奋斗和智慧攻克难关，携手世界建造起世界超级工程，赢得了世界的尊重。"

采访中，回首往事，林鸣心潮起伏。他声情并茂地告诉笔者："时代和社会是人生的大舞台，对中国桥梁工程的建设者来说，港珠澳大桥建设是时代给予我们的宝贵历史机遇。我们在做前人没有做过的事业。作为世界超级大桥建设者，我们又是在探索解决世界性难题中探索前行。祖国在心中，我们有力量。"

五星红旗迎风飘扬，胜利歌声多么嘹亮。歌唱我们伟大的祖国，从今走向繁荣富强……

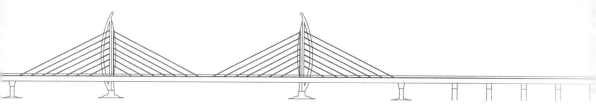

匠心凝聚皆诗境

————

从"拱北登陆点""桥岛隧组合方案"到"大型化、工厂化、标准化、装配化"的建设理念，在众里寻他千百度中确立

匠心独具，风采各异。

相对林鸣喜欢长跑而激扬智慧，中交公路规划设计院副院长、港珠澳大桥初步设计和桥梁工程施工图设计DB01标负责人孟凡超常常是在一步步行走中思考工程设计，以脚步丈量来确定设计的重要节点。

作为全国工程勘察设计大师，孟凡超从2004年开始牵头组织港珠澳大桥的可行性研究与论证。大桥设计胸有成竹在先，而港珠澳大桥是超级跨海大桥，其登陆点便成为整座大桥设计思想与理念实施——牵一发而动全身的起始点。

"如果把整个跨海大桥比喻为'龙身'，登陆点的选择便控制着跨海通道的走向和工程规模，是整座大桥的'龙头'。'龙头'定不下来，'龙身'和'龙尾'都摆不起来。"孟凡超如此形象比喻并强调地说。

这是一段刻骨铭心的日子。刚开始那几个月，他日思夜虑，几乎茶饭不思。

香港方向的起点是香港机场的大屿山附近，这是香港一直坚持并确定了的。而珠海与澳门的登陆点，该确定何处？他做梦都在想登陆点究竟设在哪里才能让两地都能接受。每天，他都来珠海与澳门口岸管理线地段观察，带着设计团队一步一步寻找最佳登陆点。他时而快走，时而慢步，每一步在他心中默数，每一程在他心中度量，可是每一次，都无功而返。但这一带环境，却清晰如同自己身体的部位，深深地印在了他的脑海。正是这样心神相系，他的思考也慢慢开始收窄，心中在期盼着。

这一天，孟凡超和大桥管理局总工程师苏权科一行从澳门忙完公务返回珠海，就在要进入拱北口岸关口时，孟凡超发现苏权科突然停住了脚步，四处打望。似是心灵感应，孟凡超立即走向苏权科，一起凝神扫视。

他们发现，在澳门和珠海的关口之间有一个过渡地带。

"孟大师非常用心。"苏权科回忆道，"珠海与澳门的登陆点，很长一段时间是我们关注的焦点。那天的发现，令我们都惊喜交加。"

一步步丈量，一次次来回。孟凡超脑海中蹦出一个数字：50米左右。这不正好可以建成6车道，是一个理想的地点？

"拱北洪湾登陆点。"他在心里默念一次又一次，欣喜若狂。他深情握别那一停留而启发了他的苏权科，一路小跑回到办公室。

大家一听孟凡超的介绍，个个喜出望外。又一次次实地勘察，一次次反复计算后，方案逐渐浮出水面，设计成为图纸。

"拱北登陆点"得到了港珠澳三地的一致认可。

"众里寻他千百度，蓦然回首，那人却在灯火阑珊处。"用辛弃疾《青玉案·元夕》词中的这个形象比喻来形容孟凡超的执着与心中感受，也许是最为贴切的。这执着与感受，何尝不是一种匠心？一种境界？

"确实是这样。"孟凡超不无感慨地说，"这种千百度的寻找，千百次的行走，已是我设计职业生涯的家常便饭，是触发设计火花的灵感现场。"

坚实行走，触发现场，这伴随孟凡超四十年的人生历练。

1978年，作为"文革"后恢复高考的大学生，孟凡超在大学读桥梁与隧道专业，从此便与大桥、隧道结缘。毕业后他被分配到中交公路规划设计研究院工作，一直从事桥梁规划设计，主持设计了我国二十多座跨越江海、穿越峡谷的特大型桥梁设计，创造出多个国内外第一。

1994年，孟凡超作为南京长江二桥预可行性研究、工程可行性研究项目的总负责人，以缜密勘察和独到眼光作出该桥建设选择新生村桥位优于燕子矶桥位的结论，在桥型方案选择上作出采用三跨过江斜拉桥的结论，有效降低了南京二桥的工程风险性，并减少了工程投资。南京长江二桥因此获得2002年度"交通部全国优秀设计一等奖"，他同时获得2005年度"茅以升科学技术奖——桥梁青年奖"。

在紧接的杭州湾跨海大桥建设中，他主持全桥方案设计及总体设计。这是一项庞大的桥梁集群工程，大桥由通航孔桥、非通航孔桥、海中平台、两岸接线等组成。他提出在跨海大桥中部海域中设置海中平台的主张，并提出海中平台可作为该桥的"施工平台、观光平台、交通援救"等多种功能设施的设计构想。他的这一心血与心得，在港珠澳大桥东人工岛设计中再次闪耀火花。

今日不同以往。面对港珠澳大桥这一世界超级跨海大桥120年设计寿命要求，孟凡超如履薄冰："120年的寿命，是设计基点。这必然要使设计应对建设管理、施工安全、环境保护，以及工程技术的全面挑战。因此，在设计中，我们提出'大型化、工厂化、标准化、装配化'的'四化'创新施工理念，确保设计与施工共赢。"

人们还关注：港珠澳大桥为何不是一条直线建成？

孟凡超解释：这么设计也有不得已的地方。"大桥连接的是珠港澳三地，不可能用一条直线把三地串起来。同时，珠江口有三十多千米宽，每一段的水流方向都是不一样的。而从工程的角度要求，更要把桥墩的轴线方向和水流的流向大致平行，以此尽量减少阻水率。

"在大桥设计之初，珠江委就给设计提出了一个非常明确的要求：海上桥梁，包括桥岛隧集群工程，阻水率必须低于10%。"孟凡超介绍，"伶仃洋属于弱潮型河口湾，潮型为不规则的半日混合潮，泥沙携带量很大。水利专家认为如果阻水率过大，超过了10%，以后可能会对大桥以北的珠江和海湾的演变、生态的演变、海床的演变等产生负面的影响。"

设计，融入人与自然的和谐，放眼未来发展。

人与自然高度和谐，社会与经济效益融合，景观与美学的追求，聚合起港珠澳大桥的总体设计理念：战略性，创新性，功能性，安全性，环保性，文化性，景观性。

设计为了造物。对于一个优秀的设计师来说，造物不只是单一的物件，还有充满情怀、视觉舒心的形象美感。

"桥梁是改变我们生活时空观的工程结构，它可以拉近人们和世界的距离。因此，心灵触动与视觉美感就必然融注设计之中，既彰显民族文化，又表达出人类文明深情。"说到这，孟凡超如数家珍。"港珠澳大桥的青州航道桥上设计的中国结，寓意着港珠澳三地紧紧相依；在江海直达船航道桥上凸显灵动的海豚，表达出人类与海洋和谐共处；而对九洲航道桥风帆的造型塔，有着扬帆远航的深刻寓意。人工岛、桥体、隧道珠联璧合，更是彰显三地共同发展的美好愿景。"

设计源于对象所处环境、给定条件和把蓝图化为现实的实际可能，从意向到设计，迈开坚实一步。而融入设计师的能动和创新以引领乃至激发建设者的创造、工程的升华，才更是设计师的远大理想。

理想闪耀在灯火阑珊处。

灯火阑珊处，匠心独到时。

**十年磨一"剑"：这是匠心之"剑"；"中国方案"亮
"剑"，"磨"出珠联璧合世界精品**

从2007年开始专注港珠澳大桥岛隧项目研究及工作，先后
主持完成大桥工程可行性研究、总体方案深化和主体工程初步设
计，港珠澳大桥岛隧工程项目部副总经理、总设计师刘晓东把自
己的这一经历称为"十年磨一剑"。

这是匠心之"剑"。一切都在这个"磨"字上。

而铁棒磨成的这一"剑"，刘晓东称之为"中国方案"。

这一"中国方案"是怎么磨出来的？为什么会叫"中国
方案"？

中国汉字的神奇，是它象形而寓意分明。"磨"，大厦里巨
石如麻林立，铁棒磨成"剑"，那需要怎样的持久与功夫，倾注
怎样的心血与智慧？

"好事需多磨。"刘晓东优雅一笑，说起这"磨"，这位理
工男用语形象，心中似乎有"魔法"。"这个'磨'，对工程设
计和建设方案来说，是考虑各种因素，每一步之前要先审视风险
点在哪里，每走一步都是从找问题出发。设计工作要遵循'先工
法，再构造，后计算'三部曲，通过相关试验反复验证，使理念

与设计不断在琢磨中修改，臻至完善。"

磨合，既有磨也有合。这是"中国方案"打磨之前的一次智慧碰撞。

港珠澳大桥岛隧施工图的设计团队由中交公路规划设计院有限公司、中交第四航务工程勘察设计研究院有限公司、上海市隧道工程轨道交通设计研究院、丹麦科威国际工程咨询公司的国内外工程师组成。这些各行业的知名设计单位，分别具有结构、隧道、水工、市政工程不同的专业背景及工作习惯。作为设计总负责人，刘晓东深知如此复杂的超级工程，既要靠一个团队的共同努力才能完成，也会有一个相互磨合达成共识的艰苦过程。

自1928年世界桥梁修建第一条钢筋混凝土沉管隧道以来，沉管制作的工具箱里只有刚性和柔性两种方法。面对岛隧沉管的制作、应用、沉放这一最艰巨的设计与工法方案难题，刘晓东和同事们不知熬过了多少个不眠之夜。

2012年11月17日凌晨5时，睡梦中的刘晓东被枕边手机"嗞"的一声惊醒。他一把抓起手机一看，竟是林鸣发来的一条短信："尝试研究一下半刚性"。

夜不能寐，梦寐以求。刘晓东脑海霎时一股热流涌起，心中滚烫。这是中国工程师的赤诚，这就是港珠澳大桥建设者的"磨性"。他一个翻身起床，披上衣直奔办公室。

作为同事，比林鸣小13岁的刘晓东感受到林鸣兄长般的信任，又有慈父般的关爱，岛隧工程建设把他们的心紧紧联在一起。心潮澎湃，智慧的碰撞、匠心的绽放由此翻开"半刚性"新篇。刘晓东把这一"半刚性"创举比喻为港珠澳大桥岛隧工程贡献出的"中国方案"。

但这一前所未有的创新方案，是否可行？如何证实它的可行性？这是涉及一连串的基础试验与深入论证的过程。

琢磨由此展开。

在2010年中标岛隧项目后，林鸣、刘晓东就带领一批设计、工程人员，专程前往青岛做典型试验（即1∶1实验）。在"中国方案"出台前，原来工程设计的隧道基础是"刚减沉桩"，就是在海底打桩，上面盖上桩帽，桩帽上面再铺碎石，之后把沉管放在上面。但试验过程中发现两个问题，关键数据并不支撑施工要求。一是外国咨询公司所给的设计参数值远远小于现在试验的结果，二是试验过程出现严重的沉降变形，石头往两边跑，形成"不收敛"情形。

这一结果，让林鸣心里顿时警觉，立即和刘晓东商量：这试验还是在静载状况下进行的，如果是动载呢？比如发生地震，就会对隧道在水平面和纵向平面产生变形和破坏趋势，以及在隧道管节的接头产生差异移动和旋转。刘晓东一听，顿感凝重，一个预感立即涌上心头。

早在这一设计之初，刘晓东和专家组就深入咨询过这一领域领先的外国专家，这家外国咨询公司也提供了一套算法，但现在为什么试验获得的数据有如此巨大的差异？当时刘晓东就问外国专家："你们的算法以前用过吗？"但对方顾左右而言他。刘晓东进一步追问："你们以前做过这东西没有？"对方说："没有，但是挪威有一个项目跟这个类似。"于是刘晓东找到挪威的项目认真研究，发现两者差别很大。

"说句实话，当时我心里就开始没底了。深入交谈后才知道，他们选择水下刚桩的施工方法，是因为此前中国做过的一些隧道，比如甬江隧道是用打桩的方法。但他们提出的水下刚减沉桩的工艺跟国内的打桩不太一样，在工艺上要求更高。经过我们的试验发现，如果按照他们的方案做，相当于给港珠澳大桥的海底隧道建设挖了一个很大的陷阱。"

铁剑未成，心中之剑已锋利出鞘。一剑穿刺，挑破"真相"。

"真相"后面，"陷阱"赫然。回顾这虽有惊无险的一幕，刘晓东从此对"磨"有了更深的感悟。原来磨剑，还需要防"坑"。

在项目早期，刘晓东积极与有经验的国内外专家讨论、交流，收集国外大型外海岛隧工程建设资料，实地考察国外类似工程，虚心学习，潜心钻研，厚积薄发。他原本是"做桥的"，大学毕业后，他在中交公路规划设计院经历了二十多年超大型桥梁设计工作磨炼，主持了多座著名特大桥设计，获得三项国家级奖、五项省部级奖。2010年他欣然投身港珠澳大桥建设，从桥梁设计转入岛隧设计领域。面对这一世界超级工程，他思维发散，打破定势，放眼世界，创新磨合。也是在一次次交往中，刘晓东感受到了外国公司从来只是提供咨询出主意，拿出方案让施工方自己选的习惯做法。这是文化差异，既定习惯，也许人家从来如此，没有觉得不适。

从来如此便对吗？随着对工程的深入研究琢磨，刘晓东琢"亮剑"不止，提出新的质疑：国外过往的经验是否符合港珠澳大桥建设实际？

"过去，他们起点高、思路宽、见得多，方法也多，与我们相比占优势。但现在不同以往。中国已经建造了这么多世界一流的大桥，我们的优势日渐显露，有的已经超越。"刘晓东介绍，"对工程的具体问题，我们通常会把疑问分解成十个或者八个问题去证明，只要有一个问题得不到解答，可能这个问题就是风险点所在。这已成为我们集中力量，既各个击破，又依据实际需要磨合成最佳一体的优势，如同五指紧握成拳形成力量，而不是散开五指眉毛胡子一把抓。"

避过"陷阱"，刘晓东开始新的琢磨与磨合。他先从自己的身份"磨合"开始，把技术总监、团队管理者、协调人的职责合为"总闸"，百流千水需经"闸门"，一剑封"喉"：一切从实际出发，立足自我创新；施工图设计中不允许简单地照搬初步设计或其他的习惯做法，不盲从外国经验。

"追求方案合理、坚持技术创新、实施设计精细化。"刘晓东这样明确表述岛隧工程总体技术思想。"我们完成的施工图水平不输于任何一家国际设计公司。"他向大家立起坚定而自豪的技术标杆。

琢磨形成新思维，磨合走向新高度。

高屋建瓴。刘晓东发挥自身优势，在团队打破单位界限、人员混合编组、按专业分工进行总体布局，遵循"依靠但不依赖国外咨询公司"的总原则，发挥各自优势形成新的"聚合"。这一琢磨与磨合在刘晓东团队形成了有趣的人才"聚合现象"：各种资源与优势有机融合，中外专家特长相凝聚合。他主动联合上海隧道研究院的陈鸿、中交四航研究院的梁桁，历经磨合组成"70后铁三角"，他们分工负责详细施工图设计工作，做到了万无一失。

千锤百炼。刘晓东和专家组反复试验，通过一次次研究分析，最后采用了复合地基作为沉管隧道基础的"组合基床"新方法。

这在国内是首次，对世界这一领域的工法是一次独步。

"我们已经具备了这样的思考条件和高度。"刘晓东介绍，"中国交建有很强的研究、制造与设计团队，比如复合地基的创新，是我们经过大量调研与计算和试验，最终建立的一套完整的复合地基设计施工方法。"他哲学般地表达："中国方案，中国智慧。"

自豪之情溢于言表。中国匠心，智造世界超级工程。

十年磨一"剑"。

岛隧工程"半刚性"中国方案，"磨"出珠联璧合这一时代精品。

"软豆腐变成硬豆腐"：挤密砂桩技术，"腐朽"化神奇，就在这"硬"篇章

夜幕降临，大海归于宁静。但岛隧工程项目总经理部常务副总工程师尹海卿的办公室却是灯火通明，挑灯夜战的工作才拉开序幕。

尹海卿负责工程设计方案、施工工艺设计和科研实验一揽子管理工作。2010年的工程起步之时，总经理部建营淇澳的工房还没有条件建电子文档，审核的文件都是纸质的。他桌上的文件、图纸每天堆起半米高。技术把关，他哪敢有丝毫懈怠。今晚他要细致审核和敲定的是沉管隧道的地基加固方案，就是对他提出的、被他形象称之为"软豆腐变成硬豆腐"的"挤密砂桩技术"方案，在一年多的实验、检测、打磨、编修后最后审定。

团队的同事们在等候，项目总经理部在等候。

时间不等人。他细致审核，一个个工艺、细节复查，一张张图纸、一个个数据校对。他越看越兴奋，审核完毕，他心中的底气油然升起。一看表，已是深夜11时。他丝毫没有睡意，不由起身泡上一杯功夫茶。平时难得有喝茶闲情，他今晚想好好品味一次。

茶香与人生交织。口味醇厚，但他也感觉到几丝苦涩。

伶仃洋海底全是软土，要使33节8万吨的沉管建成在120年内总沉降量不超过20厘米。而地基要深入海底土层60米。这软土地基怎么处理好？怎么避免地基软硬不均，实现沉管均匀沉降，坚

如磐石？

一个个难题，一个个考验，一个个挑战。这样大规模地使用水下挤密砂桩技术，而且挤入海底60米的深度，不仅在国内没有先例，世界上也是罕见。在此之前，尹海卿自己也没有做过沉管隧道工程，只是看过宁波常兴隧道的沉管沉放视频。哪想到如今，自己第一次接触沉管隧道，就碰上了综合难度如此巨大、世界最长的海底沉管隧道工程。压力如山，挑战重重。尹海卿日思夜虑。

尹海卿出生在江苏吴江一个贫困农村家庭，勤奋好学的他1979年考入大连工学院，攻读海洋石油建筑工程专业，毕业后分配到中交第三航务工程局宁波公司，随即就被派往建设上海金山石化海运码头工程。此后一个个工程接踵而来，他担负的任务、迎接的挑战也一个个升级。他在上海洋山深水港工程建设中担任项目总工程师，在宁波北仑港20万吨矿石码头工程建设中任工程技术处技术副主任。他以拼搏创下业绩，以勇敢创新获得"鲁班奖""詹天佑奖""全国劳动模范"和"国家科技进步一等奖"等荣誉。

宁波北仑港20万吨矿石码头工程是他人生担负的第一个重大工程，作为工程技术处技术副主任，他在国内码头工程中第一次采用了"钢抱箍代替钢扁担"反吊作为围囹承重结构工艺。这一创新之举不但解决了墩体易倾斜的质量通病，同时提高了节点混凝土的外观质量。

想到这，尹海卿思绪一路奔涌。他在洋山港工程中开创的"软豆腐变成硬豆腐"挤密砂桩技术，从采用到攻坚克难的过程，此时扑面而来。

洋山港是彼时世界最大的海岛型深水人工港。工程设计要求在深海区域把几十座不相连的小岛组建成大型港口。平均水深20多米，且面积相当于1000个足球场，需要将岛屿间的这些海域填为平整的陆地，砂石抛填总量超过1亿立方米。

这是中国外海海底施工中面临的一次巨大挑战。其挑战是如何解决外海浅覆盖层基础施工中重组水与泥的各种工程技术难题，形成牢稳坚固的基础。

五年岛上奋战，尹海卿带领技术团队与水斗、与泥斗，奋力开拓工程创新途径。他提出的"人造基床工艺"，接连解决了海底嵌岩桩区中部流塑状淤泥、预制钢筋砼套箱工艺工序多、潜水工作量大难题，攻克了在原设计的安装砼套箱位置直接抛投袋装沙以达到稳固钢套筒效果的难关。可是在水下加固软土提高承载能力，难关险隘，困难重重。洋山港是大面积的深海陆域围垦施工港口，传统的软土加固技术很难把软泥去掉，深淤软地，犹如"水豆腐"，还会造成环境污染。

怎么办？

无数次苦思冥想后的一天，尹海卿又一次站立现场。面对大海，从小在农村家里磨过豆腐、水里泥里干农活的记忆浮现，一个联想突然从他脑海中迸出：软土好比"豆腐"，如果不挖走，直接把它变成"硬豆腐",岂不更好?

他知道搞工程没有白日梦。但豆腐的联想激发了他的创新冲动,化腐朽为神奇的梦想在他心中涌起。他把"软豆腐变成硬豆腐"的比喻告诉大家,获得大家首肯。于是,他开始带领团队就挤密砂桩技术深入测试验证,为梦独运匠心。

匠心汇聚。和团队一次次集思广益、完善方案后,挤密砂桩打到软土下进行加固的办法被最终决定采用。

然而,事情并非一帆风顺。

为挤密砂桩技术使用创造条件,公司花巨资专门从日本引进了一条砂桩船。可是,他们万万没有想到,日方竟进行了技术封锁:船只是一个空壳子,船上所有的设备控制线全部被剪断了,软件进行了卸装和粉碎性加密。

这如同林鸣那次"天价的咨询费买不回核心技术"的深刻感受一样,尹海卿警醒了。此时虽然他还未与林鸣共事,但相同的经验和感受却是一样刻骨铭心:创新只有靠自己。

一切,要从零开始。

从研制开发到技术开发,尹海卿带领团队一路攻关,解决施工工艺难题,掌控质量控制。群策群力,众志成城。创新,在他和同事们闯关夺隘中实现;挤密砂桩技术,在中国建设者手中第一次结出硕果。

"软豆腐"变成"硬豆腐",腐朽化作神奇。这一技术突破了国外水下软土地基加固对传统技术的束缚,实现了浅海软土加固技术创新。

但如今这一技术要用到港珠澳大桥岛隧工程，却不是简单的照搬。

2005年，在采用挤密砂桩技术完成人工小岛软土加固作业，但整个洋山港工程还在进行时，作为水下基础工程专家，尹海卿被邀请参与编写港珠澳大桥前期施工规范指南，主要负责水下工程和人工岛部分。2010年，中交集团中标岛隧工程后，洋山工程结束，已是中交三航局副工程师的他，毅然来到珠海驻场，担任岛隧工程常务副总工程师。面对港珠澳大桥岛隧工程沉管隧道的地基加固难题，尹海卿再次提出采用"软豆腐变成硬豆腐"这一相对成熟技术。说它相对成熟，是港珠澳大桥的沉管基槽置海更深，需要更多技术创新，进一步完善。隧道过渡段地基加固原来采用直径较小的钢管桩作为减压沉桩，把直径50厘米的钢管桩打至水底，在桩顶设置桩帽及碎石，再在上面安装沉管即可。但尹海卿和团队认为这个方案"太硬"，很可能因为地基的软硬不均引起不均匀沉降。果然，试验中发现荷载较大时，桩帽上的碎石会塌落甚至被碾碎，导致基槽不稳，沉管更无法均匀沉降。这结果引起了各方面的警觉。

尹海卿陷入深思，在前后比照中惊醒：这次砂桩是要打入60米下的淤泥层，"淤泥深、地基软"的"水豆腐"情况和难题远比洋山港复杂。提高软土地基承载力，比洋山港的要深得多，哪能简单照搬？基础不牢，地震山摇。要化"腐朽"为神奇，岂会轻易实现？

但专家组和项目部仍认为这个工艺是可行的，问题是如何改进完善。"对，趁势而为，创新解决问题。"尹海卿心中暗暗告诫自己，顿时信心倍增。修改、试验；聚合各方力量，与有关科研院校合作攻关。反复试验，深入论证，不断修改，准确的参数终于获取，基础沉降均衡值最终达到。现在，方案终于编制完成，达到如期效果。

想到这，尹海卿端起茶杯，大口茶水下肚。茶到三次灌水，醇味更加绵长。他不由双臂一举，只觉腰身舒展，一年来的疲惫似乎一扫而光。他坚信：按此，挤密砂桩技术可以为沉管铺设好一个固若金汤的"床铺"。"软豆腐变成硬豆腐"指日可待。

拿起笔，签完名，他抓起电话，一口气把团队的方案、自己的想法和结论告诉林鸣。电话那端，传来爽朗而洪亮的声音："就这么定！"

万众一心，千般打磨，百炼成钢。

软硬转化，铁壁铜墙。20000根挤密砂桩打牢东西人工岛岛壁结构，17000根挤密砂桩稳固两岛沉管隧道过渡段；33节沉管安稳沉放，最后接头精准对接，承载每一节沉管的基槽坚如磐石。岛隧梦圆。

"腐朽"化神奇，就在"硬"篇章。

柔情硬汉尹海卿，眼前海天辽阔，飞扬的心情与之融为一体。

精准于匠心，对接于心桥。

"你把桥放在梦中，我把梦放在桥上。你筑一个有形的梦，我筑一个无形的桥……"有人曾为港珠澳大桥如此作诗，以抒胸怀。

是的，匠心独运，梦圆心桥。

匠心凝聚皆诗境。

第三章

岛隧精神

　　岛，一片被海水环绕的陆地，它延伸人类文明迈开的脚步，成为人类开发海洋、利用海洋的远涉基地和前进支点。

　　三座岛相拥伶仃洋，成品字一水相望，这就是港珠澳大桥岛隧工程连接大桥海底沉管隧道的东西两座人工岛和隧道沉管预制生产基地牛头岛。两座人工岛与牛头岛相距7海里。三座岛既是大桥建设研制特殊材料的创新基地，更是大桥向前延伸、飞架伶仃洋的牢固支点。

　　从人工岛到自然岛，从岛隧相通、实现桥隧转换到拓荒开创、奉献精品，岛隧融入大桥，骨肉相连，心血一体；它们绵延相接，光华四射，闪耀独具风采的"岛隧精神"。

　　这是港珠澳大桥建设者的"中国工匠"精神，创造与拼搏的时代精神。

　　"岛隧精神"怎样诞生？它凝聚了建设者怎样独特的时代风采与人生追求？

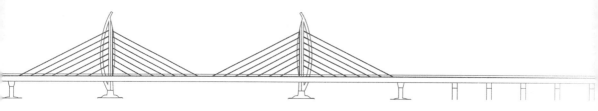

筑岛人

_____

筑起坚实的岛，一同筑实自己的人生

随着测量队定下第一个海上坐标，岛隧工程的西人工岛建设拉开帷幕。

这第一杆，是西人工岛成岛的建设起点。

九层之台，起于垒土。"百廿"之桥，源于根基。奠基于海，海底神针。

"所以测量不能局限于一点，心中要有全局，点和面才组成坐标，工程建设的各个节点才能丝丝入扣。"岛隧工程项目部主抓测量工作的沈家海说起这第一杆，深情而缜密地比喻。

成岛采用大型钢圆筒插入海底而建的工艺，而每个钢筒之间允许的误差只有两厘米。按照120年的设计使用寿命、隧道沉管精准对接的要求，测量就从丝丝入扣开始并定位。

沈家海有过东海大桥、杭州湾大桥和上海长江隧桥等多座国内重点桥梁建设的测量工作经历，三十多岁的他被同事们称为

"年轻的测量专家"。

西人工岛测量控制网采用分级布网、逐级控制、分期测设的方法建立，在首级控制的基础上进行加密控制测量，按照施工需求分期在加密控制网基础上进行放样控制网测设。港珠澳大桥岛隧工程的各项测量，以先进技术、精密设备和高标准要求，区别于以往，开创新篇。

2011年5月15日，西人工岛第一个钢圆筒在8锤联动振沉系统的强大动力下开始打入海底。这是沈家海带领I工区测量队同事们，在西岛测量平台打桩定位、测量放样、CORS、RTK测量对比、现场钢圆筒定位系统精度比对一系列精准测量后，打桩首次按预设进行。

打桩的整个过程，沈家海站在测量平台，用全站仪做钢圆筒位置校核。他双眼圆睁，一眨不眨；全身直立，一动不动。他知道，这过程，也是对测量本身的一次"测量"。

当校核测得，这首个钢圆筒振沉垂直精度分厘无误，臻至完美时，沈家海激动得满眼泪花。

团队的同事们站在各自的工作岗位，个个眼含热泪。

人们把测量比喻为工程建设的"眼睛"。"目测"整个现场建设者们兴奋而快乐的身姿与目光，透过泪眼，沈家海的炯炯目光感到，这是他投入大桥建设以来，满眼最为缤纷多彩的时刻。测量员的人生与价值在这点、线、面构成的坐标上，纤毫毕现。

纤毫毕现，展示大桥建设者的行动轨迹与精神世界。

钢圆筒的振沉远远超出一般的结构施工，巨型钢筒、超大振沉系统，如何使之协调运作，对准测量出的坐标精准入位，是施工操作的第一难关。

"方案已经设计好，要求明确，我们要按方案编排出详细的施工计划，如同测量一样，要精准到位，严格按照方案施工。"中交一航局一公司I工区项目部技术员刘昊槟介绍他的工作时，又是一种感慨。

作为结构施工现场负责人，刘昊槟的主要工作就是把设计方案变成实施步骤，化为现实。为了确保首个钢圆筒顺利振沉，刘昊槟所在的I工区项目部从刚入场开始，就步入了一切以首次振沉为核心的紧张筹备阶段，复杂的技术工艺同时压在了刘昊槟的肩上。

这是蓝图化为现实的开创，也是对方案不断调整修正的超越。

刚开始施工方案初步设计为导向臂定位。但后来一比较分析，发现导向臂对刚度要求大，要具备的收缩功能受阻，所需空间不够。导向臂虽可以分步伸缩，但工序重复，施工极为不便，还多占时间。

如何做到精准而让导向臂收缩自如？刘昊槟和团队同事们日夜攻关。一次次比较，一次次修改，最终他在设置弧形限位架上找到了解决问题的"钥匙"。大家达成共识，终于解决难题。

从母方案到子方案，从工程到工法，刘昊槟不断探索。他深入理解工程思想，参照国外工程实例，创新地拟定了钢圆筒振沉工法，成为加快推进钢圆筒振沉的妙法，获得总项目部的高度肯定，最终通过交通部两次专家技术论证评审，获准实施。

2011年5月初，钢圆筒振沉准备工作进入冲刺阶段，项目部多次召开技术交底大会，并将"5.15"当日工作细化到了每个人及现场施工的每一分钟。5月14日，刘昊槟提前赶到了施工现场，把所有准备工作安排就绪，期待第二天激动人心的那一刻到来。

首振当日清晨5点，刘昊槟跃身起床。收拾停当，一身整齐工装，一副战斗姿态，站立现场，全程见证这一历史时刻。起吊振沉，精准到位，自己半年来反复研究形成的施工方案顺利实施，完整得到实地检验，达到完美效果。

一路奋进。从5月28日振沉第二个钢圆筒到围堰合龙，再到东、西两个人工岛成岛，每一个钢圆筒振沉时，刘昊槟都在现场紧盯施工。随着技术的熟练，钢圆筒的振沉速度不断刷新纪录，"一日两筒""四日八筒""一月三船""一日三筒"捷报频传。

"最累的时候是'四日八筒'那段日子。"刘昊槟回忆道。2011年7月下旬，自第五船钢圆筒运抵施工现场后，他每天都处在高度紧张的状态中，创下连续四日内即将第五船的八筒全部振沉完毕的纪录。

那段时间，刘昊槟和他的团队全程吃住在海上，每天早上5

点起床，常常晚上11点多才回到生活船。"每一天都是拖着疲惫的身体往回走，简单吃口饭后，脑袋一贴在床上就能睡着，每次都是睡得非常踏实。"

这是筑实人工岛的身心效应，筑实生活的人生效应。

刘昊槟称自己是"筑岛人"。

"他更是一位岛隧工程建设中涌现出来的'振沉小专家'。"工友们这样称赞他。

2006年，23岁的刘昊槟从黑龙江工程学院毕业，进入中交一航局，成为天津一公司的技术员。一路追求，2010年他只身南下，成为第一批参建港珠澳大桥岛隧工程进驻施工现场的技术员。从此，兢兢业业做一名"筑岛人"。

激扬青春，筑实人生。

刘昊槟和建设者们共同创下"当年动工、当年成岛"的传奇后，这位"筑岛人"获得广东省"五一劳动奖章"和广东省"十项重点工程劳动竞赛模范工人"。

打下成岛坚实的桩，一同打牢大桥坚固的基

海涛阵阵，震撼声声。

高耸入云的砂桩船笔直挺拔，偌大的砂斗从天而降。随着拍击，浪花惊起，船舶回声，山呼海啸般的伟力释放，气壮山河，激荡大海。伶仃洋，开天辟地的建设乐章此起彼伏。

这是人工岛岛壁结构的挤密砂桩施工现场。两个人工岛成

岛建设的根基之本就是挤密砂桩施工。它将砂挤密形成砂柱，按照一定的置换率置换软基，达到地基加固的效果。如此大面积、深海底、多砂桩的大型施工建设在国内尚属首次，在世界亦无先例。

这就是化腐朽为神奇，将"软豆腐"变为"硬豆腐"的一次"蜕变"。建设者又形象地比喻，是为隧道根基筑起基床的"席梦思"。

当年在洋山港建设中，曾为这一"蜕变"过程使用的砂桩作业船舶，建设者绞尽脑汁。如今这一拥有自主知识产权的砂桩作业船舶，已由中国建设者研制开发。

这一优化设备的工艺创新，大大加快了成岛建设进度。中交三航局挤密砂桩施工团队先后打设挤密砂桩18600余根，总计方量67.3万方，构筑起港珠澳大桥的海底铜墙铁壁，为岛隧工程施工打下稳如泰山的坚实之桩。

在坚实之桩上，是大型钢圆筒组成人工岛的岛壁结构，而至成岛。这一特殊方案不仅可以大大减少船机及海上作业的时间，大圆筒还有良好的稳定性和止水性能，为后续工作提供了一个稳定干爽的环境。

但钢圆筒直径22米，最高50.5米，每筒重约500吨。两个人工岛共用120个。这一个个庞然大物如何把它们打入深海？用什么魔法把它们打入深海，准确到位？

这就是8台APE600振动锤联动振沉大型钢圆筒的"8锤联

动"神器。这是港珠澳大桥建设者的又一创举。

单台APE600液压振动锤已有工程应用，而"联动"的构想是国际上首次。在这一构想下，"8锤联动"的共振梁由一个中心直径22米、截面宽2.4米、高1.2米、重达120吨的圆环形箱梁担纲。共振梁顶面安装8个振动锤和同步轴，底面安装24个液压夹具。其技术要求是振动合力居中，能均匀、有效地传递到钢圆筒底部。这又需要有足够的刚度和极高的制造精度来实现。工程师们确定将共振梁分解成8个构件单体制造，单独加工后再进行整体拼装。吊架与共振梁配作的方案又创新而成。

常言道：差之毫厘，失之千里。这一个个庞然大物，置于深不见底的海中，如何不差毫厘？

让我们铺开岛隧工程地质勘察图纸，了解几个数据：170多个钻孔密密麻麻标注着，400多个测试孔（CPTU孔）紧密排列着。每个孔都有船舶驻位、钻探测试、取样分析等多个环节。大桥工程师们研制了5台国内首创的带波浪补偿器的钻机，其波浪补偿系统极大提高了海上钻探及取样的精确性和安全性，在恶劣海洋天气下仍然能够取得高标准的钻探数据。同时，他们研制了国内领先的勘察专用钻探平台，这一设备大大提高了勘探成果精度。在钻探、取样、运输、分析的全过程中，不会改变土质的分层分布等原来面貌，只有这样，才能精确了解地质情况，专业术语叫"不扰动原土"。经过不断精细化的勘探，2011年1月，岛隧工程首批设计图纸提交。

2011年5月15日，伶仃洋海面上，1600吨起重船"振浮8号"吊着振沉系统和钢圆筒，在大桥建设者自主研发的"钢圆筒打设定位精度管理系统"的引导下，正确定位，完成入泥自沉后，随着"开始振沉"指令的发出，中控计算机同时启动8台动力柜和8台振动锤。世界最大的振沉系统第一次开始负载运转，钢圆筒达到入泥深度21米的设计标高，垂直度偏差控制在1/1000以上。岛隧工程首个钢圆筒成功振沉，一项新的世界纪录诞生！

9月11日，西人工岛最后一个钢圆筒振沉入海，垂直偏差小于1/600；同年12月21日，东人工岛最后一个钢圆筒稳稳"定"入水中。

"通常来说，筑岛是一个'水工活儿'。"东人工岛现场施工指挥徐桂强自谦又自豪地说，"我做过不少这样的项目。但岛隧工程完全不同。人工岛项目聚齐这么多创新技术、工艺和设备，这是真正意义上从技术体系、装备到施工手段上的突破，每一道工序，每一项施工无不闪烁着创新的光芒。在我三十多年的施工生涯中都绝无仅有。这是一场超越传统建设模式的'大考'，是中国大桥建设者的一个创举！"

创举实现在短短221天，120个巨型钢圆筒打牢东、西两个人工岛坚固之基，屹立伶仃洋。

前进支点屹立，立于坚桩基石。

建设者打下成岛坚实的桩，一同打牢大桥坚固的基。

美丽人工岛，成于大海，成于追美"筑岛人"

在屹立的前进基点上，成岛建设快速推进。

钢圆筒成岛方案，是在巨型钢圆筒作为主格直接插入海底不透水土层，固定在海床上后，在相邻圆筒之间的间隙用两道弧形钢板作为副格嵌入钢圆筒预留的榫槽内，主、副格相连形成一个整体，保证岛体紧密合围不透水，然后再回填砂形成人工岛。

沉管回填工程由岛头防撞段管节回填和中间一般段管节回填两大部分组成，每部分都包括锁定回填、一般回填和护面层回填。通过船舶下放石料，以石料固定与保护海底的沉管管节。

沉管的回填一样充满挑战。

这组数字或许可见一斑：大桥沉管隧道回填施工自2013年5月7日开始，共历时1518天。回填总量超过360万立方米，相当于3.6万节火车的运输总量、2.5个金字塔的体积。这样的回填，要求两侧高差最多不超过1米。经过多波束扫测自检及监理验收，33节沉管及最终接头回填施工结果均满足设计要求。

东人工岛沉管隧道过渡段基础堆载预压，通过抛填碎石实现。

但这颇有讲究的抛填，要特别等待施工的"窗口期"，这就是"平潮期"，即潮水相对平缓的时间。由于施工区域位于岛的西侧，受岛头影响而形成的回流流速很大，常常会把抛填的碎石冲刷到几百米以外，不仅浪费了本就供应紧张的原材料，更会导致抛填任务的延后。因此"平潮期"就显得十分珍贵。

施工区每天只有两次平潮期，共6个小时。但这对抛石组而言，似黄金般珍贵。他们要在4个月的时间里完成70多万方的碎石抛填，任务艰巨异常。由于每天平潮的时间不定，抛石组成员必须24小时待命，守株待兔，等待这一时机到来。

但平潮就是命令。无论昼夜风雨，平潮一到，抛石组成员就立即验收方量、指挥船舶进点抛石、定时监测水流变化。白天平潮来了，赶不上正常吃饭时间，随手抓个面包填进饥肠辘辘的肚子、直冲抛石现场也是常事。若平潮期在夜里，排水量仅40吨的交通船就会在涌浪的冲击下剧烈摇晃，这对于人的身体素质来说是极大的挑战。抛石组成员吴平常打趣道："我们几个经常在夜里组织抛石，早就过足了坐'过山车'的瘾。"

除这等待一日，用兵一时外，相伴他们工作的是皮带机的轰鸣。队员王聪说，从抛石开始，他就要手持GPS定位仪，站立在船头皮带驳下，让抛石船始终定位在预定区域，直到抛石结束。每次两个多小时的抛石，贯耳轰鸣的皮带驳动、弥漫的粉尘，有时暴晒和不期而至的暴雨，都是他独立船头的贴身陪伴。

在艰苦中坚守，在执着中奋进。为了保证量方的准确性，抛石组成员经常行走在高低不平的碎石上，下到10米深的舱底，4个月来，组员们平均每人磨烂了4双劳防鞋。

磨炼，激发智慧。为了减小施工中的原材料损耗，工区在后续施工中采用了中交三航局自主发明的溜筒式海床整平抛石工艺。该工艺能够通过溜筒精确地把碎石输送到海底预定标高区域，有效避免水流对碎石抛填造成的不利影响。

由此，抛石组成员无需再等候平潮期，而是常驻303船，精准操控设备。只要碎石一到，随时可以展开抛填作业。他们乘坐小小的交通船，来回往返于303船与抛石船之间，一天最多抛石一万余方，4个月累计攀爬250多艘次船，以3%的碎石损耗率完成了东人工岛沉管过渡段基础堆载预压，并实现了隧道暗埋段结构施工年度节点目标。创新，一样密布在大桥建设的沙沙石石之中。

最终当70多万方石料汇聚海底，形成壮观的海底平台时，那曾经的苦累与汗水都化成了这些年轻建设者脸上自豪而爽朗的微笑。

这是东人工岛敞开段中墙最后一段墙身清水混凝土的浇筑现场。

5月底，伶仃洋上烈日炎炎，骄阳似火，东人工岛隧道敞开段混凝土施工班组的浇筑工人顶着烈日高温，深入到高有五层楼、宽仅一余米的钢筋笼内熟练地操作着振捣棒，混凝土泵车发出震耳欲聋的轰鸣，清水混凝土从蜿蜒的泵管喷涌而出，监测设备荧幕上实时地更新着清水混凝土温度及墙身模板的变形程度，对讲机里时不时传来搅拌站、试验室与浇筑现场多方联系协调的喊声。现场人员无一不大汗淋漓，但却没有露出丝毫的倦意，反倒精神抖擞，不厌其烦。

东人工岛敞开段中墙最后一段墙身最高处超过14米，宽仅1.1米，顶面纵坡坡度为8%，端头与水平方向呈75度，这对模板支撑体系的稳定性提出了极大的挑战。

挑战面前，筑岛建设者们迎难而上。

老李是敞开段中墙的专职振捣工人，在加入东人工岛施工队伍之前，已经干了二十几年的工地活。"以前我从没有试过这样，平均一个小时才浇筑不到两方混凝土。"老李握着振捣棒笑着说，"虽然每次都受不了钢筋笼里的高温，也感到烦躁，但是看到清水墙身像玉一样美，就明白其中的道理了。"

朴实无华，深明事理，是人工岛建设者们的情怀与追求。

情怀炽热，追求异彩。人工岛建筑中清水混凝土被大规模应用。这是人工岛建设中的一种新型材料，更是注入了建设者的心血和创新。该设计方案主要负责人、中交四航院副总建筑师冯颖慧介绍："这一选择解决了人工岛建设中自然条件的局限与整体外观的视觉美学问题。"

人工岛处于大海中央，高风压、高盐雾、高湿度，任何外装饰都容易脱落。冯颖慧带领团队在深入实验、比较中发现，与传统混凝土不同，清水混凝土是混凝土材料中最高级的表现形式，其表面平整光滑、色泽均匀、棱角分明、无碰损和污染，无需二次修饰，在阳光照射下有着大理石般的光泽。

"从建筑风格看，这方案还较好地传承了岭南'骑楼、柱廊'的文化特色。"说起美学视觉追求，冯颖慧介绍，"岛上建筑并不追求外表的奢华，而是强调低调、内敛、含蓄，清水混凝土'素面朝天'，体现朴实无华、自然沉稳的外观韵味。"正是从品质到美学的追求，冯颖慧坚定选择了清水混凝土方案。清水混凝土体现的最本质美感，闪亮出隧道墙身端头斜面结构的优美线形。

从点到线，从线到面，美在延伸。如今，两个人工岛以蚝贝设计造型闪亮登场伶仃洋，犹如两片美丽贝壳开怀呈露于海，似出水芙蓉绽放。它们与大桥东连西接而气贯长虹，它们牵手海底沉管隧道而珠联璧合；远眺含情，一水相守。海天物我之间，满眼美不胜收。

美丽人工岛，凝聚建设者的智慧与拼搏，融汇建设者美的追求与创造。

美丽人工岛，成于大海，成于追美"筑岛人"。

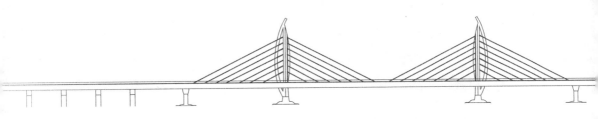

梦之岛

同一片蓝天下，同一个梦想

岛立大海，寥廓长天，梦想飞扬。

这是远离珠海市区26海里的桂山岛。与桂山岛相距3海里的西北部有一个荒凉孤岛，名牛头岛。因岛似牛头、岛北有两座山峰如牛角犄立而得名。全岛花岗岩结构，褐色砂砾土壤，地表露岩甚多，一个大沼泽相接两山，杂草丛生，人迹罕至，静卧伶仃洋。

2010年12月28日，一声轰然爆破声打破了牛头岛的宁静。人迹罕至处，涌来人流如潮。港珠澳大桥岛隧工程海底沉管隧道的沉管预制工厂选址这里，拉开沉管预制序幕，从此改写牛头岛历史。

这改写的历史由岛隧工程的建设者翻开崭新一页，这崭新一页伴随建设者的梦想开篇。

沉管预制生产是港珠澳大桥建设的前期项目，更是岛隧工程的关键项目。没有预制出合格的沉管，海底沉管隧道建设就成为无米之炊。

兵马未动，粮草先行。安居才能乐业。岛隧工程项目总经理部确定2011年9月30日前完成岛上所有基建和基础支撑工程，为沉管预制生产打好前哨战。

总经理部所属项目Ⅲ工区二分区担负完成沉管预制厂营地办公和生活区建设任务，同时建好位于淇澳桥头的岛隧工程项目总营地，时间都要赶在"9.30"这个节点。沉管预制厂营地办公区是一线阵地，淇澳桥头总营地是后方指挥中心。

"时间紧迫，海岛陆地两头任务重，但意义非凡。特别是为沉管预制生产按时、顺利启动打下基础，能为这一世界超级沉管预制生产打前阵，攻下第一个山头，确实是我们共同期盼的。"Ⅲ工区二分区工程部部长颜胜阳回忆起上岛之初的情景时，仍深情满怀，"踏上牛头岛，我们豪情满怀。展望未来，更是梦想飞扬。"

可荒芜一岛，白手起家，孤岛作业，无水无电无路，一切从零开始。而地形险恶、地质条件复杂更是险象丛生。如何共谋划、保节点？

"放飞梦想容易，真要让梦想飞起来却一时不知怎么起飞。"颜胜阳感慨中不无自嘲，"整个营地办公区施工区就是一个一望无际的大沼泽，数不清楚有多少次脚踏进一米多深的泥地里拔不出来。"

出水才见两腿泥，困难面前显雄心。

一切从零开始，第一声爆破打响梦想展翅振飞之声。

Ⅲ工区二分区是在第一声爆破声响前的2010年11月中旬开始组建进驻牛头岛的。为这第一声爆破，工程部及时编制出详尽爆破施工方案，经各级有关单位批准，专家评审会多次优化，并进行可行性分析确定后，紧接五个月的基础施工，工程部完成了230万立方米土石方的爆破开挖工作，做到了零失误、零事故、零伤亡。

这三个"零"是另一个意义上的"零开始"，大桥建设追求的就是高品质，岛隧工程要的正是"零失误"。

"放飞梦想，从这个'零'开始，这才是工程的圆满。"颜胜阳一句幽默，表达出对工程品质的全面追求。

追求发力，梦想飞扬。一处处坚固、美观的营房拔地而起。当后来工人们住进有空调、有彩电、生活设施一应俱全的舒适工房时，无不感慨地说："我们普通工人都能住上这么好的工房，干起活来怎么不会心情舒畅！"

"这正是我们梦寐以求的。"颜胜阳开心地说，"岛隧工程总经理部明确要求，要以一流的生产生活环境，去创世界一流的完美工程。"

共同的追求，成为二分区各个部门梦想高飞的动力。

成本管理部部长李元庆回忆：为尽快打下建设基础，他们白天黑夜全岛转，三天两头岛上岛下跑材料，选定合作队伍、签订合同，恨不得一天当两天用，为赶"9.30"节点，他春节过后到中秋，一天也没有离开工作岗位。从人力到物力，他们在追求成本最低而效益最大。

有一张别具颜值的脸，从额头到下巴，黑里呈紫，颜色渐次加深，被工友们称为二分区一线员工的"标准脸谱"。

听到这评价，质检部部长柳志刚工程师为自己感到自豪。他认为这是一种夸赞，是对他们质检工作的首肯，更是对他从上岛到"9.30"节点没有离开岛上工地一步、经得起牛头岛上风吹雨打、寒冷暴晒双重考验的回赠。

"如此颜值，才是我们岛隧工程人的精神面貌。"柳志刚诙谐地回了工友们一句。

2011年8月15日，沉管预制厂土石方工程验收通过；29日，总营地具备入住条件。9月1日，沉管预制厂码头主体工程验收通过；21日，深坞坞口底板完成持续23小时1577方混凝土浇筑任务；30日前，包括浅坞及深坞现浇沉箱（拦水坝A、B区）完成试验设备仪器安装及调试并投入使用。

"9.30"时间节点，踩着欢庆的鼓点，放歌梦想的佳节。

佳节随着又一个时间节点汇合：2013年5月2日，大桥沉管隧道第一节沉管（E1）从牛头岛深坞出海门在8艘大马力全回转拖轮牵引下平稳驶出，告别牛头岛前往沉管隧道"安家"。

犹如女儿出嫁，二分区每一个员工心中炽热。他们站立牛头岛不同位置，目光深情，挥手相送，依依不舍。

33节沉管汇聚了牛头岛沉管预制厂每一个建设者的心血，而这首个沉管今天要去它永久的家。从它一点一滴长大，从它一钢一泥一水成型，每个建设者付出了多少"十月怀胎"的辛劳，奉献了多少抚养它长大成"人"的心血，凝聚了每个人怎样矢志不移的拼搏与梦想？

这是牛头岛上沉管预制厂所有建设者共同的追求。

这是同一片蓝天下的同一个梦想。

从"追梦""惊梦"到"圆梦"，激情与智慧绽放牛头岛

牛头岛上第一声爆破声，似号角催人奋进。中交第四航务工程勘察设计院有限公司副总工程师、岛隧工程设计负责人梁桁和他的设计团队应声而来，这是2011年2月。

"我们的确是怀抱梦想、追梦而来。"梁桁坦诚说道。他们担负港珠澳大桥桂山沉管预制厂整体设计重任，主攻采用工厂法预制沉管，即在工厂内完成每节沉管预制，再直接将预制好的沉管拖运至指定位置完成对接。

"但真正踏上岛后，面对刚开始拓荒炮响、条件匮乏、环境杂乱又远离大陆的孤岛，大家对这任务都一脸茫然。我顿时惊醒：如此荒芜之地，这世界超级沉管怎么预制？预制生产厂设计从哪里入手？"回首往事，梁桁笑称对这一从"追梦"到"惊梦"的瞬间变化，特别难忘。

此时，梁桁手中仅有一本参考资料书。"从这本书，我们

第一次实例接触沉管隧道。"梁桁介绍，"此前世界上只有一个工厂法预制沉管的先例，就是2000年建成的丹麦—瑞典的厄勒海峡沉管隧道。可这本工程介绍性的英文参考文献，只有不到30页关于预制工厂的介绍，且他们用的是'工厂法'。但那个沉管的断面尺寸要比我们的小很多，两者没有可比性。"梁桁将接手的这一任务形容为"典型的'三边'工程"，即边勘察边设计边施工。

港珠澳大桥充满挑战与风险的突出之处，就在于这"三边"相伴。做第一个吃螃蟹的人，边干边学，是建设者们的前行之路。好在梁桁追梦坚定。建设港珠澳大桥要做的是精品工程，是世界超级工程，哪能没有挑战？追梦而来，岂可放弃？"惊梦"之后，梁桁继续追梦，最终迈向"梦圆"。

如此超级沉管预制生产国内外没有先例，更需要集成多领域先进技术，更离不开各技术环节的探究创新。大桥设计理念明确提出"四化"的建设要求，沉管预制生产是典型项目。"所以这一项目成了大家关注的焦点，预制工厂建设更被千万目光聚焦。"梁桁感慨。

"三边"与"四化"交织，梁桁的思考和创新点也开始聚集：沉管预制厂主要面临两大挑战，一是要形成流水线作业模式，二是需要应对频繁登陆的台风。他带领团队开始遍寻文献，四处查访，孜孜以求吸取，一刻不停构想，对"工厂化"也有了新的认识：以"工厂法"实现"工厂化"，使之形成全年365天不间断的流水生产线，赶上紧迫工程。

然而，借鉴不是模仿，追梦还需智慧。牛头岛基础条件差，岛隧工程所需的超大沉管断面远大于厄勒海峡，其钢筋用量也超过4倍。

创新激情在梁桁心中奔涌，他认定牛头岛的目标：建设一个真正意义上实现流水线式的工厂化预制模式。

集思广益，敢于突破。根据工程特点、建设地址的地形地貌、周边自然约束等因素，凝聚着岛隧工程总经理部和设计分部集体智慧和汗水的方案终于脱颖而出：建设2.7万平方米的厂房，中间为两条生产线，各具备三个独立的钢筋绑扎台座和一个浇筑台座，侧翼为其相对应的钢筋加工区，纵横接应，两条300多米长的流水生产线，集成钢筋加工、钢筋笼绑扎、混凝土浇筑、管节一次舾装、深浅坞蓄排水及管节起浮横移等全部工序，构成流水推进。

梦想之花初开。一个最适合牛头岛环境的工厂总平面布置设计蓝图赫然呈现人们眼前。但工厂蓝图还不是整体宏图。预制生产的工厂设计解决，还有与之相应的浅坞、深坞一线布置，如何形成有机整体？工厂、浅坞、深坞一线布置是厄勒海峡的成功案例，牛头岛的现状岛域纵深却无法满足这一要求。怎么办？梁桁和他的团队又陷入了苦恼。"何不将浅坞深坞并列布置，将纵向推动改为横向移动？"林鸣来到牛头岛，和设计人员一次次察看地形后，向梁桁如此一言。

"犹如闷夏的及时雨，沁人心脾。"事后，梁桁这样说起心中茅塞顿开的感觉，"'没有最好的设计，只有最适合的设计'。这真是设计理念的箴言啊。"

及时雨浇开岛上花，箴言激发创新智慧，两翼展翅，梦想飞翔。

流水线作业问题解决了，怎么安全存放预制沉管的难题又接踵而来。

牛头岛处于外伶仃洋，平均每年遭遇台风登陆1.5次，常规做法是在外海建设环抱式防波堤形成避风港，但牛头岛外海处有厚达20多米的软土地基，这使得防波堤的建设成本成为天文数字。此外，牛头岛处于白海豚核心保护区，环保要求也不允许大规模海工建设。仔细斟酌和反复权衡后，梁桁大胆提出了在岛内石场现有的巨大采石坑基础上进一步扩大深坞，使其具备同时寄放4个管节能力的深坞布置方案。"由于管节在岛内寄放，必要时还可以关闭深坞门，因此即便外海风高浪急，坞内水域依然波澜不兴，管节安全得到了很好的保障。"说起那设计的火花，梁桁兴奋地说。

2011年底，牛头岛上沉管预制厂的土建完成。新年开春，投资近10亿元、占地2.7万平方米、世界上最大的沉管预制工厂建成投产，流水线式的工厂化预制施工模式全面实现。而在这之前，外国专家预估预制厂的建成需要三年时间。梁桁他们却只用了十四个月。

2012年9月10日凌晨，沉管预制厂浅坞顺利实现试灌水至+15.35米标高，标志着预制厂的前期建设工作完美收官。

2013年5月2日，首节沉管E1管节隆重出坞，被运送至西人工岛暗埋段实现海底对接，完美实现"海底初吻"。

一次次攻克难关，一次次实现完美，梁桁和他的团队成员们无不喜笑颜开。这是梦想之花盛开。

从"追梦""惊梦"到"圆梦"，他们的激情与智慧绽放牛头岛。

"铁娘子"打坏五台搅拌机，打拌一百多方混凝土，终于"打"出世界"超级配方"，圆了人生梦

她被誉为牛头岛上的"铁娘子"。

她叫张宝兰，中交四航局教授级高工、岛隧沉管预制厂试验室主任，牛头岛上两位女博士之一，2010年7月被委以重任，2011年5月走进牛头岛，她主攻沉管预制施工配方。

与梁桁刚上牛头岛时手中只有一本英文参考资料书不同，张宝兰是带着各种资料走上牛头岛的。直到察看完现场，再次掂量自己的任务时，她心中还没有抹去教科书上那句话的影响："大体积的混凝土没有不开裂的"。明明白白一句话，无需翻译，不用解释，但与梁桁一样的是，她要突破书本，要攻克超级难题，为沉管预制生产的混凝土调配出世界"超级配方"，实现梦想。

港珠澳大桥120年的设计使用寿命，给大桥建设的各个方面

提出挑战，海底沉管隧道的沉管预制生产更是首当其冲。一直以来，传统观念认为：大体积混凝土开裂是惯例，不开裂是例外。大桥岛隧沉管由钢筋组成骨架，注入混凝土预制而成。混凝土与钢筋合为一体，巨大面积如同10个篮球场大，且要沉放深海，长期暴露于海水中，没有足够的耐久性，怎能经受住时间和海水的考验而不开裂？要调制出混凝土施工配合比这一配方，岂是易事？这是全世界都尚未做过如此巨型巨重的"超级沉管"，因此这配方也被称为"超级配方"。

这"超级配方"怎不是世界级难题？

"混凝土配合比不仅仅是计算出来，而是靠一次次试验'打'出来的。"心直口快，做事斩钉截铁的张宝兰手一挥，这样形象描述。

张宝兰说的"打"，就是把试验室得出的配方比，通过打混凝土来验证、检测。这是试验室的"内打""小打"，真正"大打"是在预制施工生产的现场，是工人们按照张宝兰提供的配方比，进行实"打"。张宝兰笑称这是"外打"。相对试验室的"内场"，生产现场也是"外场"。张宝兰带领她的团队，就这样"内场""外场"奔跑，"小打""大打"交错，"内打""外打"齐上阵。

从材料进厂检测、设计到预制、生产，实体检测、验收，都由张宝兰和她的团队完成。这是一场持久战、立体战、集成战，更是一场攻坚战、智慧战、创新战。

"现在'首战用我'，我们必须'敢打必胜'。"张宝兰风趣而坚定地说。她父亲当过兵，是抗美援朝的前线司机，穿越敌人的枪林弹雨，这位"敢打必胜"的老司机的英雄形象，一直深深地影响着她，激励着她。

但真正"开打"之前，配方比实验要在试验室先行一步。而此时，试验室还处在规划中，没有房屋和仪器设备，人员也不齐，所有事情都等着她这个主任自己去解决。按计划，她和团队必须在四个月内建成与世界最大的沉管预制厂相匹配的试验室。为了建设这"开打"的舞台，张宝兰开始奔波于各个项目部门，组建试验室小组，完善试验室前期筹建规划。

"开打"之初，不仅没有"打"的舞台，连落脚的地方都没有。好在工程部日夜奋战，修起了一条连通桂山岛和牛头岛的简易公路，她每天来回上十千米，住进了桂山岛简陋的民居，和两个年轻姑娘挤在一间不到六平方米的房子里，三个人睡上下铺。为了保证海上运输仪器设备的安全，她亲自押送。一次，她带领几个年轻人一起押送设备，装船、航运，协调吊运，从早上7点一直忙到晚上9点，等返回到营地码头时已是凌晨1点。可此时潮水高度不够，船靠不了岸，张宝兰和同事们只好在船舱的甲板上躺几小时，直到第二天早上8点才下船。

就是这样一步步打拼，四个月后，荒芜的牛头岛上硬是建成了"整体形象良好、设备一流、人员一流、管理一流"的试验室，被林鸣誉为"一颗明珠"。

明珠闪光，张宝兰心中期盼试验室里"超级配方"早日闪亮登场。她摩拳擦掌，时刻等待"开打"的日子到来。

夜已深，试验室一楼混凝土成型间灯火通明，窗外不时传来混凝土搅拌机的轰隆声，是"开打"的"外场"。张宝兰坐镇一线，"内场""外场"两头跑。她和团队时而通过模具浇注，观察初凝，一会让其振动形成流动状态后，再观察终凝。这"打"的是组合拳，她要一边做试验，一边搅拌混凝土，看"打"的结果，获取混凝土配合比要求的三大参数：水灰比、单位用水量和砂率。

多才多艺的张宝兰喜欢那首闽南语歌《爱拼才会赢》。她从事混凝土试验研究二十多年，打拼就是她的形象。打拼充满艰辛，凝聚智慧。

打拼一段时间，获取一个个数据后，张宝兰感觉数据总是有波动变化。这是为什么？她带着试验主管李超等试验人员一起进行反复的试验发现：沉管预制厂位于孤岛上，岛上气候环境和陆地不同，原材料指标波动也引起混凝土性能状态改变，同一配合比经常上午"打"的状态和下午"打"的状态会完全不同，甚至相同的一堆材料，前一罐和后一罐的状态相差都会较大。

这一发现，让张宝兰不断调整"打法"，也让她浮想联翩。

1987年大学毕业后，张宝兰一直在所学建筑材料及制品专业领域打拼。从工地到研究院，从项目到科研，一路走来，她对最基础的建筑材料混凝土多个课题有深入研究："钢筋锈蚀的影响""胶凝材料活性探究""止水方法",她追寻不止。为做混凝土试验,她称石头重量、打搅拌机、做振捣,样样亲手摆弄,"铁娘子"性格就是这样一点点养成的。在研究混凝土"抗疲劳"的历程中,她同样培养起了自己"抗疲劳"的性格。

2008年她就接触港珠澳大桥工程,为口岸人工岛有关试验上桂山岛,与朱永灵、林鸣有多次交流。心系大桥,从未放下。来牛头岛前,她已在四航局研究院开始安稳生活,也能照顾几十年来难以顾及的家庭和年迈的母亲了。没想到爱才的林鸣联系到她,一句"张宝兰,你不去就算了"的"激将"话把她召来了牛头岛,激起她的新梦想。

牛头岛把她的人生与专业经历一齐调动,她形容是在研究的"塔尖"与项目的"塔底"穿梭。正是这"穿梭",使她对牛头岛有了另一种深情:是在这里,世界超级沉管预制生产让她打拼出崭新事业;是在这个寄托她梦想的岛上,开拓了她的视野,提升了专业技能,实现了人生抱负。她情动于衷。

今日"铁娘子",柔情似水,溢漫牛头岛。

在无数次打拼后,收获打赢的时刻终于一步步近了。张宝兰带领团队经过上千次的试验调整,开展了六次小尺寸模型试验,两次足尺模型试验,十八个人工岛沉箱混凝土验证后,最终"打"出了稳定的"超级配方",沉管混凝土不出现裂缝的耐久性梦想成真。

而到这一天,他们已耗时一年,打坏了五台搅拌机,耗费了一百多方混凝土。

然而，打拼还要继续。

2015年下半年开始，又是一年多时间，张宝兰带领十几个技术人员再次研制出新的"独家秘制"，这就是沉管隧道最终接头用的"钢壳高流动性混凝土"，这是最终接头混凝土独特要求需要的新配方。

新配方与钢筋混凝土虽只一字之差，却是又一次创新突破。"钢壳混凝土最早在日本试验成功，其配方和所选材料至今是保密的。"张宝兰介绍，"我们在查询有限资料的基础上，自主研发了无须振捣具备自填充能力的高流动性混凝土，而且这个高流动性混凝土的各项指标绝不会比日本的差。这也将我国的混凝土工艺标准提升到了一个全新的高度。"

牛头岛的七年，在"塔尖"到"塔顶"穿梭，在创新的道路上攀登，张宝兰把书本上那句话甩在了后面，从此它不再成为金科玉律。她超越世界同行，不仅做出"例外"，更把例外做到"极致"。

33节沉管预制历经五年，张宝兰在牛头岛打拼寸步不离。

张宝兰由此获得广东省"五一劳动奖章"，"铁娘子"还摘取了广东省"五一巾帼奖"。

在牛头岛的追梦与打拼，张宝兰"打"出"超级配方"，圆了人生梦。

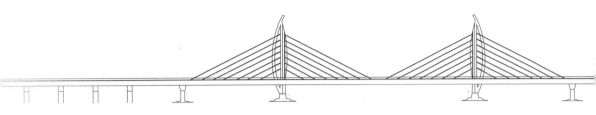

岛隧情长

————

缘于桥

从走进牛头岛开启奋战大桥建设历程，到2013年被授予全国"五一劳动奖章"，再到2017年6月港珠澳大桥沉管隧道贯通后的表彰会上被岛隧项目总经理部授予"建设功臣"，岛隧工程项目总经理部副总工程师陈伟彬心潮澎湃。当听到出席表彰大会的中国交建党委副书记、副总裁陈云"大桥建设的一个个成就，展示了大国重器的威力，更是彰显了央企的责任担当"的讲话时，陈伟彬更是思绪万千，牛头岛、沉管隧道七年的火热生活记忆一齐涌上心头：没有港珠澳大桥建设，哪有今天的荣誉？没有坚定不移的追求，哪有这激情燃烧的岁月？

结缘于桥，情融于桥。

2010年11月，中交四航局港珠澳大桥岛隧工程项目部首次登上牛头岛。陈伟彬是作为岛隧项目Ⅲ工区二分区总工程师，担任项目主管技术、质量兼协调施工生产负责人，刚从斯里兰卡汉班托塔港项目调回而进场的。

此时，这孤岛上56万平方米的"超级工厂"宏图还在纸上，这"深闺"还是旷野荒山，更繁重、更考验人的沉管预制生产、浮运沉管的船坞建设即将开始，工期紧、施工分项多、无数不可知的技术难题等待解决。

置身孤岛，放眼眺望，陈伟彬激情奔涌。远处伶仃洋海面似有倩影出海，大桥美丽的身姿仿佛飞跃伶仃洋。为保障120年的设计使用寿命，"四化"建设要求是全新的施工生产模式。这是陈伟彬二十多年的路桥建设生涯中没有过的经历。刚从斯里兰卡港口建设项目回来，参与这一大型国际合作项目，他开阔了眼界，在感受到港口、路桥建设"中国经验"倍受同行尊重的同时，他也在思考，港珠澳大桥建设是一次新的飞跃，"四化"建设理念一定充满挑战与探索。如何肩负担当，发挥自己优势，融合世界先进技术与施工方法，在新的飞跃与探索中开创新里程，为"中国经验"注入新的活力，展示大国重器威力？

建设理念在头脑，落实关键在人。把理念化为行动，把质量落到实处，还需具体到施工细节里。细节，是质检的着眼处，是把好质量的关口。陈伟彬思路明晰起来：就从"精细化"管理开始，打牢"标准化"共识，形成每个现场、每道工序、每个流程的精细习惯，成为建设施工规范。

他一头扎进施工现场。白天，他忙于现场管理，一卷卷图纸在身，走到哪里就掏出图纸和现场技术员一个个细节、一个个步骤仔细核对，对关键技术问题更是紧抓不放。他挂在嘴边的一句话是："细节决定成败，120年的质量一丝不能马虎。"晚上，他组织图纸会审，方案、交底，还一边组织工程部、质检部等相关部门的技术人员完善工程资料。每天接近十六小时的工作，如此持续了近四个月，施工技术程序日益规范，一支队伍逐渐走上了正轨，精细化管理产生看得见摸得着的效果。

这是一个精细入微的故事。

沉管预制完成后，从厂房到浅坞，一节8万吨的沉管要通过机械平稳顶推100多米到达预定位置。可这100多米，是寸步维艰，厘米不易，比乌龟爬行还要慢很多。刚开始，推移100多米竟要耗上近一个月的时间。就连特聘的外籍专家也束手无策："推移力实在太有限了。"

问题在哪里？真的无法解决吗？根据各种计算，推移力足够大。是不是有什么形成了"顶"推力，导致推移受阻，还是形成摩擦受阻？

陈伟彬一次次在心中问自己，一次次在各个环节的质量检查上反复琢磨。他相信，摩擦与反顶才是问题症结。他的目光聚焦在滑移轨道上那些肉眼几乎看不出来的细小颗粒上。他和工人们一遍、两遍、三遍，把千斤顶、轨道、滑板等所有设备材料都擦得一尘不染，直到戴上白手套在表面来回擦，手套还是白的。然后，奇迹随之发生了：顶推压力一降再降，推移时间由原来三十天缩短到五天，最快的一次仅仅用了三天。人们一片欢呼。

陈伟彬心中却感慨万千：细节决定成败。细微之处，才见功夫。

功夫不怕有心人。人是最重要的。结缘于桥，还要心系于桥，情融入桥。想到这，陈伟彬兴奋不已。环境改变人，现场培养人。掌握技术的是人，围绕技术施工的是更大的群体，更多的人。如何让所有员工融入到"超级工厂"的生产中，形成自觉的集体风尚，提高不同工种、岗位上人们共同的现代化生产自觉性与良好意识？

上岛以来，建筑工厂化初具规模，也开始显现效果。"工厂化"的历史，1900年美国第一套大型楼板预制设备拉开"建筑工厂化"的序幕，中国是从20世纪50年代初借鉴苏联经验才开始推广这一模式。但一直以来，"丰富的资源""廉价的劳动力""巨大的内需市场"所带来的建筑市场的繁荣，让人们一度忽视了建筑工厂化。散漫、零乱，甚至垃圾遍地，几乎是建筑工地的共性。坚决杜绝垃圾，决不能出现任何"豆腐渣"行为。陈伟彬暗下决心。他思考不止，开始构思切实有效的办法。

要把这么多来自全国四面八方、不同经历、不同身份的人统一到一个理念上来，自觉落实到施工生产中，这需要一个艰苦的磨炼和融合过程。要让不同岗位、工种、环境中施工的所有人，严守质量关，掌握质量标准，还需要积极引导和培训。想到这，陈伟彬心中一亮：这个"超级工厂"不只是生产车间，还是一所大学校；不仅要生产出世界超级产品，还要培养出超级人才，将来发挥更大的作用，使这个超级工厂产生更多更深远的社会价值。于是，他想到了培训。

组织团队定规划、发动大家出主意。他向同事提出：每个岗位上的人要既能总结出自己的经验，又与大家分享，一起成长，共同提高。他还特别利用岛上散步的时间，一次次与质检部的普通工人谈心，叮嘱大家珍惜机遇，用好时间，提高自己。

这位来自潮汕的农家子弟，有着精细的家教传承，有吃苦耐劳的韧劲。他身体力行，结合二公司"知行"培训体系，在岛上率先办起"牛头岛讲坛""职工夜校"和"农民工学校"三大学习平台。

平台搭建，大展身手。全新的施工生产模式遍地开花，建设者的崭新变化化为生产力，施工任务大步推进。陈伟彬一步不松，精细化管理与知行合一的培训一并推进。为常抓不懈，他给年轻技术员出命题作文，定期催收论文。为给"农民工夜校"讲好课，他精心准备，收集起工地的实际案例，与大家促膝谈心。

三年过去，项目部产生了18项技术发明专利，中国建筑业协会为项目深海潜龙QC小组《减少大型沉管裂缝产生》颁发了"2013年全国工程建设优秀QC小组活动成果二等奖"。

2012年2月沉管预制厂正式投产，2016年12月第33节沉管生产施工完成，连续近五年的33节沉管的预制生产没有发生一个质量事故。已担任沉管预制厂二分厂厂长的陈伟彬深情说道："这是牛头岛上所有人心血的凝聚，是每个心系大桥建设者智慧的结晶。"

从确保技术每一个步骤精细入微的"精细化"管理，到引导员工大踏步迈上"工厂化"建设新途，陈伟彬觉得心中的追求在一步步变为现实，与大桥的结缘一天天深情而温馨。这深情与温馨随着他担任岛隧工程项目总经理部副总工程师后，来到预制沉管安放现场，贴身大桥施工而炽热于怀。

从岛到海，从预制沉管生产到沉管隧道沉管沉放，从最后一节沉管安装到最终接头安装完成，那些惊心动魄的场面，那些精细入微的质量把关过程，如大海奔涌，激荡心中。

岛隧情长，结缘于桥。

梦成真，情永恒。

情似海

港珠澳大桥沉管隧道沉管沉放汇聚四面八方精兵强将，牵动五湖四海建设者的心。

这是船长和水手们的故事。船长叫王汉永，沉放舶主船"津安3"船长。

第33节沉管（E33）沉放时，因为气候，沉管抵达安装区快5个小时了，仍迟迟不能下沉安装。王汉永和各路专家紧盯着台风"艾利"的卫星云图。此时，现场风力已达6级，船体正猛烈地晃动着。王汉永比大多数人都要紧张，身为船长的他，要负责船只的每一个动态，船上每一个人的安全。他担心，连续作业已经超过12小时的兄弟们会不会疲劳，剧烈拉扯中的缆绳是否依然坚韧。好在晚上7点过后，风力渐小，E33沉管正式开始沉放，安装成功，一切顺利。

为安装沉管，解决超级沉管沉放的世界难题，中交上海振华重工在对比国内外沉管隧道施工技术后，自主研发设计了隧道管节沉放和定位设备——管节沉放船"津安2""津安3"，成为国内首创、世界出运能力最大、功能最先进的该类施工专用船舶，创下了国内巨型工程船舶的最短建造纪录，为沉管隧道沉放提供了世界一流的设备。

沉管安装时，被吊装在沉放船下方，利用其他拖船的动力，浮运到相应的海上安装区域，待船只系泊固定后，再开始沉管的下沉和对接。安装过程中，所有对沉管的控制，都维系在这两艘沉放船舶上，更维系在船舶每一个工作人员的心上。

港珠澳大桥海底隧道沉管的安装难度，堪比"天宫一号"的对接，而与外太空真空环境不同的是，沉管的安装必须面对各种各样复杂和变幻莫测的气象和水文环境。大风、骤雨、雷暴，一个都不少。E27沉管安装时，便曾遭遇雷暴和暴雨，工作人员在大雨中完成了船只的系泊，人人湿透。

一海伶仃洋，储满船长和水手们的深情。

"说实话，安装过程再曲折，技术上的问题我从来不担心，因为我有一帮可靠的兄弟。"王汉永说，"但作为船长，真正让我倍感压力的是兄弟们和船舶的安全。"

安全，是大桥建设的红线。

在沉管隧道的沉放中，人们幽默地称王汉永"风流船长"。意思是他身为船长，必须时刻注意大海上风和洋流的变化，心系每一处安危。

平时，"津安3"上只有16人，可一旦启动沉管安装，船上就会激增到100多人。包括领导、技术专家、设备抢修队伍等其他各部门的工作人员都会上船。这当中，有一人稍有不慎受伤，都可能影响沉管的安装。王汉永和船上的安全员要盯住每一个人，不停地巡视每一个细节，提醒大家按规范作业。

四十出头的王汉永，1992年便进入中交一航局做了水手，由于表现优异，升职为大副，参与港珠澳大桥建设后又继续升职为船长。尽管经验丰富，但海上环境复杂多变，即便安全预防措施再完备，也总有意外出现。

在E24沉管安装成功后的当晚，"津安3"沉放舶停泊在西人工岛码头。当大家都沉浸在喜悦中准备休息的时候，危险正悄悄降临。"津安3"在风雨中走锚了，锚不能固定在海底，随后锚链又断了。短短几分钟，"津安3"便漂到了伶仃洋主航道边缘。主航道上过往轮船频密。"津安3"一旦进入，与大船碰撞的概率极高，凶多吉少。

顿时，有的船员慌了，忙问船长怎么办。

危急时刻，王汉永率先冷静下来。他立即呼叫拖船，发力拉住"津安3"，同时抛另一个锚。终于止住了"津安3"的危险之旅，成功返回了码头。

"船长船长，一船之梁。遇事不能慌更不能怕，必须做好主心骨。"王汉永说。

挑起大梁，一身是胆。心系大桥，情深似海。这正是王汉永和他的同事们的船舶工作。

与老练的船长相比，鼻梁上架着黑框眼镜、26岁的技术员丁宇诚显得有几分书生气。2013年，他从中国海洋大学毕业后，径直来到桂山岛这个船员们栖身的地方。不久他担任了项目部的工程部技术主管，负责沉管的舾装、出坞到沉放、对接每一个环节的施工技术优化和管理。

技术员的工作是繁琐的，也是充满挑战的。每一节沉管从外部看，不过是个钢筋水泥"巨无霸"，可在它内部却拥有无数的零件。保证这些零件的正确安装，是丁宇诚的重要职责之一。

舾装环节，是指把管系、通风设备、压舱系统、钢封门等舾装件安装到沉管上。丁宇诚对每一步都要进行筹划。遇到特殊情况时，还要开动脑筋，研究出新的解决方案。E27沉管是非标准管节，比标准管节略短一些。牵一发而动全身，各个舾装件的安装结构就要重新设计。舾装完成后，沉管要进行坞内灌水测试，主要测试其密封性。给沉管内注满水大约要18小时，直至灌满之前，丁宇诚都必须和工人们一直留在沉管内监视各个设备的状态。夏日里，沉管内闷热异常，气温最高达40多度。"在那里面坚持18个小时，说实话，谁都难忍。但这种情况下，我们技术员必须带头进去。你怕热不进去，工人们也就不想进去，这工作就没法干了。"丁宇诚说。

"每一步都是第一步！"这是港珠澳大桥海底隧道建设的口号，是"津安3"上每一个人的信念。

沉管沉放安装充满各种挑战，而对于技术员来说，同时也是难得的研发机遇。丁宇诚和同事们完成的水阻力系数研究就是其中一项。他介绍，水阻力系数是影响物体在水下运动的重要因素。国内对淡水阻力系数研究多，而对海水阻力系数研究少。利用海上浮运沉管的机会，他们可以搜集大量数据进行研究，为同类的工程建设提供参考。"我们的研究已经取得了一定成果，接下来我们会把这些成果整理出来，将来肯定是要申请专利的。"丁宇诚说。

在超级船舶进行世界超级工程，激发着年轻一代建设者的智慧，为他们的未来开创面向世界一流事业的航程。

33节沉管的沉放安装，有着两艘沉放船舶情注施工的战斗，情倾大桥的释放，情怀大海的激扬。

情深似海，津渡伶仃，共海一安。

精气神

浩然长空，壮阔大海，天地万物，无不闪耀精气神。

精气神基于物象而蓬勃，源于气韵而焕发。

物象或造化，或人为。中国传统启蒙读本，开篇曾用"天地人，手足口"最简易的字句以启心灵，开宗明义。

心灵是人的灵魂与气魄，是行的思想与动力。手足口，成为创造精气神最先行的动作肢体器官，心与行绵延聚合、铸造出物象而凝结精气神，形与神便交相辉映于人间。

港珠澳大桥闪耀精气神。大桥岛隧工程绽放精气神。

在岛隧工程沉管预制、沉放安装的五年里，从拧过的第一颗螺丝到最后第60万颗螺丝，他一丝不苟，他精准于位；他以手足口行动传承，他以心灵聚精会神。他是"深海钳工"管延安，中交港珠澳大桥岛隧工程Ⅴ工区航修队首席钳工。他负责沉管精密设备的安装工作，细微之处，肉眼无法判断，他凭双手进行操作，精准感受一毫米的距离，控制误差。

他当过电工、钳工，拧螺丝一日不曾停止。他拧的最大的扳手要用吊车吊，两个人都抬不动；拧的最小的螺丝不到两毫米，跟芝麻般大小。他在港珠澳大桥海底隧道工作，所拧的螺丝接缝间隙不能超过一毫米，否则将对1000多亿元投资的国家工程带来潜在的安全隐患。数以万次的重复工作，让他练就了左右手均能达到误差不超过一毫米的精度水平。这是在牛头岛上的一次安装。管延安负责沉管舾装和管内压载水系统安装。沉管舾装对导向杆和导向托架安装精度要求极高，规定是接缝处间隙误差不得超过正负一毫米。管延安对这可以允许的误差还"嫌多"。

他开始按自己的想法琢磨，一次次拧上，一次次回松取下；一点点检查，一丝丝磨合，一道道工序验证，一个个手式感悟，精诚所至，金石为开：零缝隙。

零缝隙，他以手足操作，以心灵探求，心与行聚合，"拧出"精气神。

精气神，人皆向往，人所期待。却为什么人非具有？

管延安说："我与钳工有缘分。"

1995年，18岁初中毕业的管延安开始跟着师傅学钳工。师傅手把手地教，管延安手贴手地学。可新鲜感过去后，他觉得拧螺丝的活，就是用劲手快，辛苦一点就行了。一次，他跟着师傅学电机维修，这是常见的故障维修。他觉得不在话下，用劲拧上最后一个螺丝完成维修后，扳手一放，就让人去试机。结果，发电机刚装上就烧坏了。师傅让他仔细去检查，原来问题就在他拧的螺丝上。师傅没有责罚他，只轻轻地说了一句："手工活使劲容易，用心更重要。"

师傅一句话，让管延安觉得委屈又羞愧。自己不是辛辛苦苦维修了吗？刚才就差最后没有检查一遍啊。想到这，他心中一惊：问题不就出在这缺少的一遍检查上？

什么是用心？管延安明白了，不只是辛苦地做，还要用心，还要专注。

一日三省，一事三查；专注细节，精细敬业。从此成了管延安的习惯。从此，经他维修后的机器在被送走前，他都会检查至少三遍。从錾、削、钻、铰、攻到套、铆、磨、矫正、弯形等各门钳工工艺，他一个个百十遍地磨炼，千百次地检查。无数次抹去满头汗水，看着手掌一层层厚茧去了又来，管延安觉得心中快慰有加。

出师后，他带着两个大学生徒弟。管延安对徒弟们经常说的话就是"再检查一遍"，强调最多的就是"反复检查"。徒弟小张出师前对师傅说："管师傅，我从您这里学到最好的技术是'专注'，一辈子不会忘记的是'用心'。"

凝神地听着徒弟的话，看着徒弟的神情，管延安满意地笑了。他想到了自己的师傅。传承于师，传承于心，工艺活不就这样吗，做人做事也是这样啊。

带着二十一年的传承与弘扬，2013年年初，管延安成为港珠澳大桥建设者中的一员，开始投身沉管安装中的舾装。这安装部件多、工序复杂，刚来各种模拟演练不停。管延安总是手到功成。但在一次模拟调试中，蝶阀却出现了漏水。管延安顿时惊呆了：一检查，问题又是出在刚拧的螺丝有误差。

"幸好只是做试验。"管延安心中涌起一丝侥幸。但他的难过与自责也随之加重：如果试验不成功，上百个工友几天的努力白费，自己的一腔热情、满怀追求不更是因为这个失误抛于大海了吗？他再次警醒自己：这是世界"超级工程"。他清醒感觉到了："超级工程"的钳工跟普通钳工大有区别，仅靠经验不够，要更细心，更用心，更要创新。

"蝶阀事件"成为他投身"超级工程"更用心、敢创新的新起点。

　　此后，管延安拧起螺丝来分外认真，安装一套蝶阀，每一个螺丝他都要反复拧上三四次才放心，其他地方半小时就能干完的活，在"超级工程"这里要花上四五个小时。为了确保肉眼看不到的一毫米精度，管延安拧螺丝时很少戴手套。"戴手套总觉得手和螺丝之间隔了一层，很难找到手感。"他说。

　　手感，在他心中成为恒温计。他不再满足于手掌变得比一般人更厚重，老茧更多层。手感从此成为他的拿手好戏。手感加心感，从此凝聚于他干活的每一个细节，工作的每一天。为了有更多的时间工作，他干脆将自己的"宿舍"搬到了设备仓库旁边。宿舍不过就是一个位于牛头岛半坡处的集装箱，他在宿舍就能看到下面的沉管安装船，几分钟就可以赶到工作现场。

　　隧道沉管在沉放到海底之前，要先安装各种精密设备和附属设施，以保证沉管在海底能够精确对接，很多设施都需要由螺丝来固定。仅每个供人进出的人孔口外部就有240个螺丝，内部有240个螺丝，其他部位还有数百个需要精确安装的螺丝。"总计下来，每节沉管要拧好的螺丝不下1000个。"管延安介绍道。

　　千头万绪，管延安精细把住质量关；千难万险，管延安精心应对每一颗螺丝钉。每次安装，管延安带领舾装班组同测量人员密切配合，利用千斤顶边安装边调整。从最初需要调整五六次到只需调整两次就可以达到"零误差"标准。一次，管内压载水系统突发故障，水箱不能进水，沉管安装只能暂停，必须安排人员进入半浮在海中的沉管内维修。浮在水上的沉管空旷巨大又密封如罐，除了一个直径一米多的人孔，没有其他的换气通道，空气湿度在98%以上。人进入里面，别说作业，就是站一会儿，就会浑身渗汗，胸闷难耐。而这次，从打开密封的人孔盖板进入管内检修、排除故障，到完成人孔盖板密封全程仅3小时。是的，3小时，这已是令人惊讶的高效率。但闷在里面3小时，这更是令人煎熬的3小时。管延安事后轻声地说："这得益于之前无数次的演练，在每节沉管沉放前都要求做至少3次演练。这是第25节沉管，至今至少完成了75次演练。"

百十次，他精益求精；千万次，他精细于心。

人皆向往的精气神是这样铸造的。人所期待的精气神是这样凝成的。

大桥海底隧道由33节沉管连接而成，每节沉管标准长度为180米，截面面积堪比10个篮球场，超级沉管要在最深达40多米海底实现厘米级精确对接。在业内人士看来，难度系数丝毫不亚于"神九"与"天宫一号"的对接。

是的，中国重器，由中国工匠智造，由中国精神创造。

这是岛隧精神，这是汇聚于世界超级大桥的港珠澳大桥精神。

第四章

党心旗帜

工地奋战，千军万马。

在千军万马奋战中，始终有一面旗帜迎风飘扬，始终有一个群像是先锋队。这飘扬的旗帜是党旗，这先锋队群像叫党员。

2011年深春的一天，港珠澳大桥岛隧工程总监、我国著名监理专家胡昌炳专程从珠海赶回武汉，走进中铁大桥设计院集团公司党委书记、副董事长田道明的办公室，未及寒暄，他开门见山地说道："书记同志，我想向你要一个人，我要找个帮手。"久不见面，看到风尘仆仆的老专家如此急切的神情，以为工程技术吃紧，田道明忙说："您要找帮手，应该去人力资源部呀。""不，你是党委书记。我来要的是一名党支部书记。"胡昌炳怕田道明还没有明白他的意思，又郑重补充："监理团队急需一名既懂业务，又有办法开展群众政治思想工作的支部书记，及时把握思想动态，稳定职工队伍，更好激励大家奋战。这名'帮手'，是一名'举旗手'"。

胡昌炳话刚说完，田道明快步走上前来，两人的手紧紧握在一起。很快，一名适合人选被派到位。

这是港珠澳大桥管理局组织编撰的《工地书记》一书的故事。

一个真实的故事，一个港珠澳大桥建设的缩影与写照：港珠澳大桥建设树立党的领导引领，飘扬凝聚党心民心的旗帜，树显党组织的坚强堡垒作用，展示党员先锋模范的时代风采。

这是信仰的力量，这是旗帜的引领。

信仰怎样化为大桥建设的无穷动力？旗帜怎样引领大桥建设者奋力前行？

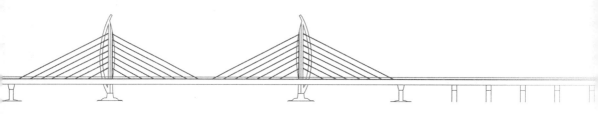

旗帜飘扬在前

"质量为基"的启迪：信仰为信念筑基

武汉之行，从党委书记那里获得支持，胡昌炳高兴地回到珠海，又一头扑进工作。

2010年下半年，年过五旬的胡昌炳以中铁武汉大桥工程咨询监理有限公司总工程师、教授级高工身份从武汉南下珠海任港珠澳大桥岛隧工程总监办总监。岛隧工程项目庞大复杂，几十个不同单位和子项目汇聚，监理工作全覆盖。监理团队由自己所在单位牵头，与广州市政工程监理有限公司和广州港工程管理有限公司三家单位组成上百人的联合体。尤其大桥120年的设计使用寿命，无不使胡昌炳再次深深感到"质量为基"四个字的分量，而监理工作就是为质量把关。

"质量为基"，是胡昌炳大半辈子监理工作的信念。

如今担负新的使命，监理团队如何当好这一世界超级大桥工程质量的"把关人"？

从担负岛隧工程总监重任、组建监理团队到具体开展，大半年来这位老专家感受到了前所未有的压力。质量为基，必须从思想上打牢所有监理人员的基础，坚守一致信念。他不由深受启发：以信仰为信念筑基，就是监理团队当好"把关人"的"关"，是监理团队团结奋进的旗帜。想到这，天天忙于业务的他不由强烈感到：以党建促工程，现在迫切需要一名坚强的举旗手和自己带领队伍并肩前行。

很快，一个富有基层党支部书记经验、长期在基层工作的适合人选走马上任，他叫曾凡和。顾不上休息，当天曾凡和便与胡昌炳聊到深夜。"质量为基"四个字在曾凡和心中坚定，"以信仰为信念筑基"的思路让他豁然开朗。

几天下来，总监办营地因一排排新颖别致的宣传栏、招贴画增添喜气，"让鲜红的党旗映红港珠澳大桥工程"的大红横幅悬挂正门，"质量为基""以信仰为信念筑基"的鲜亮木牌高树大门两侧，监理人员每天进出大门便不由自主抬头凝视，左右张望，激起大家思绪涌动。

潜移默化之中，一系列党建活动有序开展。"信仰""质量为基"成了大家常聊的话题，心中信念大为增强。岛隧工程监理团队由中铁武汉大桥工程咨询监理有限公司牵头组建，由三家单位组成联合体，最多时达到一百三十多人，党员有三十多人，且都是各个业务小组骨干。

趁热打铁。一个周末，曾凡和组织党员、邀请入党积极份子专程到广州参观广州农民运动讲习所、黄埔军校等纪念地，老一辈革命家坚定的信仰与奋斗，让每个人深受感动。在回珠海的车上，大家交谈不止。水下检测组副组长龙潜江，这位80后小伙子一句"坚定信仰打造出坚固工程"更是引发大家热议。一路交谈回到营地，全程目睹这一切的胡昌炳对曾凡和露出了满意的笑容，两人会心一笑。

2012年4月23日上午，港珠澳大桥主体工程项目"团徽佩戴周"行动启动仪式在港珠澳大桥管理局举行。大桥管理局党委副书记韦东庆见到曾凡和带来的青年团队个个精神抖擞，在同时进行的"青春飞扬，快乐起航"团史知识竞赛中一举夺得好成绩，不由问起经验。曾凡和感慨地说："党员发挥先锋模范作用，团徽为党徽增光，大桥建设一定会更精彩。"

精彩相伴挑战与考验。

第15节沉管（E15）安装时，先后遭遇超强回淤和基槽边坡垮塌，两次安装受阻，施工、监理两个团队顿时受到打击，带来巨大心理压力。鼓舞士气、激励团队勇于接受挑战，成为总监办党支部的首要工作。党支部号召全体党员、团员亮出身份，以"关键时刻看我的"为口号，勇于接受挑战，当好先锋模范。党支部同时派出专人与中山医科大学第五附属医院及时联系，请来医生授课，进行心理辅导，保证团队心理健康。这156天期间，正值2015年春节，为辞旧迎新，党支部组织了一次特别会餐：胡昌炳和夫人一起下厨，夫人特地从武汉带来了正宗菜苔，副总监蒋伟平献出老父亲从老家亲手捉的高山溪水鱼，来自湖南、贵州、四川各地的美味佳肴，汇成丰盛的"百家菜"，吃成总监办喜气洋洋、凝神鼓劲的"团结餐"。

奋战156天，总监办全程参与回淤情况摸排，各类试验，相关设计图纸的审查和评审，对施工组织设计进行审查，并按照批复检查承包人的各项准备工作，密切配合协调各方，最终突破这一世界级难题，第15节沉管在第三次安装时获得圆满成功。

七年时间，总监办党支部书记换了两任，"党支部就是战斗堡垒"的形象深植大家脑海，党员先锋模范作用成为大家心中的标杆。接任曾凡和的余国安针对这支团队年轻化的特点，把培养新生力量当作党组织建设突破口，让党员"从我做起""在身边带人"，引导青年人茁壮成长，信仰代代坚定相传。

总监办水下检测组是清一色的80后、90后年轻人，来自五湖四海。水下检测作为沉管浮运安装过程中各类数据监视、判断、分析和效果评估的重要手段，每个工序必须及时到位，精确掌握。组内年轻党员龙潜江、张毅鹏事事抢先。"党员的先锋模范带头作用不能挂在嘴边。"任检测组副组长的龙潜江说。

几千米长的沉管隧道内闷热潮湿，空气质量差，让人呼吸不畅、心闷发慌是"家常便饭"。管节从沉放结束到回填覆盖之前处于"亚稳定"状态，特别是在基础灌砂期间，有可能出现管段上浮，危险丛生。因此必须在管内进行连续的水准监测，确保管段处于受控状态。而测量精度要达到毫米级，要求测量人员具备熟练的操作技术和默契，在几千米的沉管隧道内一气呵成。龙潜江身先士卒，带领大家七年如一日，深得同事们拥戴。

张毅鹏在组里有个外号"小老虎"。一次西人工岛沉管测量，检测组早晨7点登上测量船航行两个多小时后登岛，虽然大家早已习惯船上的颠簸，但仍有测量员晕船。而这次三人小组，就出现了小刘半天"非战斗减员"的情况。张毅鹏和另一名同事小陈紧密合作，午饭就在隧道内匆匆吃完，厚厚的救生衣顾不得脱下，又继续工作，直到下午5点半才圆满完成任务。在返回的船上，工作一天劳累不已的小陈躺在船上呼呼入睡，张毅鹏为他加盖一件救生衣，还搂他在怀中，一边与晕船的小刘聊天，缓解小刘的不适。看到张毅鹏生龙活虎的样子，小刘禁不住一笑："你真是个小老虎。""我就期望我们检测组早日成为一支'小虎队'。"张毅鹏笑着回答。小刘深受触动，不久，他向党支部递交了入党申请书，他在申请书上特别写着一句："我要坚定信仰，向身边党员学习，作为检测组'小虎队'中的一员，期待早日成为一名真正的共产党员。"

信仰的力量是无穷的。榜样的力量是无穷的。

当总监办荣获广东省"工人先锋号"称号，获得港珠澳大桥管理局"2013年度HSE综合管理优秀单位"荣誉时，胡昌炳心中快慰有加，他觉得自己当年武汉之行实在值得。

在即将退休之际，他人生中最值得骄傲的工程，再次让他感受到"质量为基""以信仰为信念筑基"的价值与力量，感受到人生信仰如此美好而值得一生坚守。

"书记茶经"的"秘密"：余香在口，"真经"在心

广东人爱喝茶。

港珠澳大桥主体工程桥梁CB04标段党支部书记兼项目副经理罗锦鸿是广东人，他不仅爱喝茶，还把茶喝出了"经"。所以同事们称他有本"书记茶经"。但这"茶经"不是挑选茶叶、水质、茶具，也不在意绿茶、红茶、黑茶。罗锦鸿的"茶经"用他自己的话是"余香在口，'真经'在心"。用同事们的话说是："书记的'茶经'，是沁人心田，回味无穷。"

"书记，我们来喝茶了。"阳春三月，广东的燥热天气已经来临。CB04项目经理余立志一头热汗，带着唐维等3个业务骨干，急匆匆推开罗锦鸿办公室的门，便一声大喊。

"来，坐下慢慢喝。"罗锦鸿放下手中公司总部的文件，从办公桌起身，端起桌上的热水瓶，和他们围坐茶台说道："边喝边聊，有什么需要这茶'润润喉'的？"

这"润润喉"是罗锦鸿的口头禅。同事们有什么困难，有什么问题，一时解决不了，身心疲惫、口干舌燥的时候，他便会请大家来喝杯茶，润润喉，爽爽心。这便是他的"茶经"之道。

"功夫"在茶外，所以大家都愿意来罗锦鸿这里喝茶。今天，他们几个来不光是想"润润喉"，还想来"祛祛火"。

"我刚接到公司2016年8月底实现标段贯通的指令。你知道

了吧？我刚到任，你这书记在这里时间长，有什么好法子？"刚落座，余立志便单刀直入。

港珠澳大桥CB04标段，全长7.154千米，主攻部分深水区非通航孔桥和江海直达船航道的土建工程施工。这是广东省长大公路工程有限公司担负的大桥重要项目之一。项目任务工期目标春节前定为2016年10月，现在却要提前整整两个月，实现项目合龙。原项目经理升迁，分公司副经理余立志接任还不到一周时间。初来乍到，情况还没完全摸清楚，这压力可想而知。

其实，罗锦鸿刚才看的就是公司总部这个文件，这是根据大桥建设要求和公司任务的平衡确定的，没得商量，他心中怎么会没有压力，怎会不清楚这会困难重重？

"办法总比困难多。来，先喝茶。"罗锦鸿望着余立志，微微一笑。

说来喝茶，余立志哪有心思喝得下，端起茶杯，一直望着罗锦鸿，更不知他笑从何而来。

"关键时刻，你这个头儿一定要稳得住。"罗锦鸿收起笑容，若有所思地说，"这是攻坚战，是大局。你是经理，我是书记。但你我都是共产党员，关键时刻就要迎难而上。"说到这儿，罗锦鸿端上茶杯自己先喝了一口，"我们就一起来琢磨一下这'茶经'吧"。喝下这口，罗锦鸿觉得今天这茶，味道是和平时有些不一样。

"光我们有决心也不行。"余立志就着茶杯喝了一口说道，

"本来任务已经很重，时间这么大幅度提前，过去这里的施工方法有什么特别？"

"发动群众，群策群力，勇于攻关。"罗锦鸿看着余立志，又喝一口茶，神色坚定地回答说。他从桌上拿来工程图铺开，和余立志开始核对各工区任务进度，对重点节段作上标记。沉思中又是几口茶，下决心地说："这里特别的方法，就是发挥党的光荣传统，一是做好动员，发动群众；二是党员挑重担，安排关键岗位。"罗锦鸿继续说："你从公司来，还有不同社会资源，从项目整体考虑，看看我们怎么整合资源，调整人员、任务，形成新布局，攻下难关。"

罗锦鸿话音一落，余立志一口茶入口，心中有所触动，不由咧嘴一笑："书记这茶，味道不错"。

看着余立志的神情变化，罗锦鸿又给茶壶加了一道水。茶，越喝越香，几个人顿时精神爽快几分。

两天后，2016年3月27日，项目部动员大会如期召开，"百日大战"攻坚令发出。

随即，项目领导班子对重点岗位人员进行调整，对党员委以重任，大多数关键岗位安排共产党员担当。

"百日大战"方案实施前，罗锦鸿主持召开全体党员大会，再做深入动员。他要求全体党员坚定信念，勇敢担当，在会战中发挥先锋模范带头作用，做中流砥柱。

余立志在会上作方案攻坚发言，他激励大家："坚定的信念是征服困难的致用法宝。"说完，他右手一挥，"请大家看我的！跟我来！"

会场顿时手臂林立，接着掌声经久不息。

方案随即开始实施。当天下午，关键岗位党员到位。罗锦鸿和余立志又召集经营班子和业务骨干的"诸葛亮会议"，细谋如何融合内部外部资源，如何适当压缩临时工程的施工时间和节约主体工程的工序时间，规划出实现全标段6月如期完工的最佳方案。

罗锦鸿特别交代办公室，把余立志说的"坚定的信念是征服困难的致用法宝"制成多幅标语，悬挂在工地、营地，鼓舞士气。同时大力宣传工地上的先进人物和事迹，把党员、骨干的好做法好经验及时报道出来，在工地喊响"看我的""跟我来"，开展"践行党员使命""建功百日会战"各种劳动竞赛。

群情振奋，激情燃烧，陈永青、唐维、余玮玮、邓庆明、杨富发等一大批党员骨干在工地很快树立起"党员先锋队"形象，成为人们追赶的对象，工程进度日益加快。

"多备些防暑、解热药品和饮料。"罗锦鸿对后勤组工作人员说，他还特意交代，"多摆几个茶位，配上不同茶叶，愿意喝茶的，可以挑自己喜欢的喝。"他天天奔走工地一线，带领后勤人员逐个班组慰问。

一天，余立志在工地茶位特意端起茶杯走到罗锦鸿面前，故作神秘地问："书记同志，这工地上的大碗茶怎么也余香满口。

你这用的什么经调制的茶？"

罗锦鸿哈哈一笑："把茶喝到心上。"

"哈哈哈。"兴奋不已的余立志大喊一声，"回头找你去取'经'。"说完，一溜小跑奔向施工队伍。

望着余立志远去的背影，罗锦鸿心中一喜：这"茶经"看来还得继续好好琢磨。

2016年6月28日晚23时，合龙段在余立志的指挥下徐徐起吊，在29日凌晨零点四十分最后合龙。

"百日大战"胜利结束，时间定格在6月29日这"百日"星辰。

"荣誉之战"的传奇："一个人的支部"，不是一个人在战斗

一个人的党支部，不合常情。但说起来都是故事。

这是港珠澳大桥主体工程房建工程施工监理SA01标段共产党员、项目总监吕明的同事们给他的"荣誉"。"吕总监真的发挥了党员先锋模范作用，他一个人就像一个战斗堡垒，我们都围绕在他身边，与他并肩作战。"

对这一"荣誉"，吕明没有推辞。他解释："这个项目监理标只有我一个人是党员，无法建立临时党支部。党员，就要接受组织管理，履行党员义务，发挥党员作用。我是党组织里的一员，要发挥党组织的堡垒作用，为'荣誉'而战。说是'一个人的支部'，但我不是一个人在战斗。"

2015年4月16日，是吕明正式"披挂上阵"的日子。

在港珠澳大桥岛隧工程渐近尾声时，大桥房建工程招标发布。广东重工建设监理有限公司集全司之力开始竞标准备。作为公司资深监理，吕明全程参与了竞投标工作，并负责撰写了标书中的重点难点，这使他对这一工程有了深刻认识。那时他就想，如果有一天能参与这一世界超级工程的监理工作，将是他人生的荣耀。收到中标消息时，吕明激情奔腾，在全公司第一个报名"请战"。令他难忘的时刻到来，公司党委书记亲自给他披上"战袍"，将一份鲜红的聘书郑重交到他手中。书记说："这是公司的荣耀。你是共产党员，希望你把它当作荣誉，不负重托，勇敢为荣誉而战。"

接过聘书，年过半百，有着二十六年党龄的吕明笔直挺身回答："请组织放心，我一定竭尽全力，为荣誉添彩！"

港珠澳大桥房建监理标负责的监理点工程内容多样，点多面广，包括有港珠澳大桥管理养护中心、大桥管理区的房建工程，以及东西人工岛装修和机电安装工程。工程开始之初，总监办设在港珠澳大桥管理养护中心建设现场，那时这里荒芜一片，沿着荒山野岭七拐八弯才能进入工地，工地四周都是农村。虽做竞标准备时对相关情况做了详尽了解，但如此艰苦环境还是让吕明有些意外。迎难而上，他在心中暗下决心。

作为第一批入场的监理员，又是总监，吕明更清楚当好这个"班长"的职责：他不是一个人在战斗。为了让队伍有个落脚点，保证工作顺利开展，他费尽周折才在附近找到一间十余平方米的民房。十来个人几乎"零距离"工作，走动贴着身，吃饭站着吃，厕所就在隔壁。大家笑称"这真的是同一个屋檐下了"。

"在同一个屋檐下，大家就更好一条心开展工作。"吕明也笑着对大家说，"请大家把眼界放开，所有大桥建设者做的都是同一个工程，我们都在同一个屋檐下。一切要以大桥质量为重，这是我们的使命，也是我们的荣誉。"

吕明这番话，大家初以为总监是在调剂轻松气氛。真正开始具体工作，才知道这使命与荣誉千斤重。

房建工程占总投资不到百分之一，大桥管理局大部分工作制度和流程都是按交通行业标准设定的，且管理十分严格规范。做习惯了房建项目的团队对此有一段时间并不适应。吕明发现这一点，立即产生警觉。他及时组织总监办全体监理人员认真学习大桥管理局有关管理制度和招投标文件，反复提醒大家改变习惯，适应新要求，在转型中提升自己。吕明一直记得一个细节：大桥管理局对上报的文件不允许出现错别字，一个标点符号也必须准确，否则一律打回。吕明心中的震动再次被引起，世界超级工程的精细要求、严格规范确实名不虚传。由此他想到，今后的工作，决不能有得过且过的心态，不能有"人情通达"。这非一般的高标准，是一场艰巨的考验与挑战，经受住这样的考验与挑战，是人生的一种荣耀。而这，不正是自己从事监理工作以来所向往的吗？为国家争光，为世界贡献中国监理样本，这荣耀无比。而自己作为这个团队唯一的共产党员，更要勇挑重担，作出榜样。"荣誉之战"，他心里再次念出这四个字，对这一"荣誉"的再次认识让他有了人生新感悟。

从自己做起，他对每一个案头工作丝毫不敢懈怠，每个标点符号一遍又一遍检查。在吕明的影响下，大家对"荣誉之战"有了真切认识，很快适应了新要求，上报的文件没有出现一次"硬伤"，没有一次被打回。

一次一个工程的质量出现细小问题，施工被"现场签认"的监理员潘嘉殷叫停，并被要求推倒重来。施工方负责人找到吕明来说情：这个瑕疵我们修补一下就行了。过去都不搞"现场签认"，都有修补机会。这次是不是等我们修补后再签认，不要重来。吕明一口回绝："过去不适合现在。"吕明也知道这对讲求成本核算的施工方来说是一个大损失，但质量和规范不容人情。他又给施工方出主意：我们在现场和你们一起施工，有问题及时解决。见无情可求，又有现场协助，施工方接受了吕明的主意，后来圆满通过监理。

事后，吕明在会上多次表扬潘嘉殷维护了荣誉。潘嘉殷是第二批进场的员工，是吕明原单位的同事，不久前向吕明主动请缨来珠海："吕总监，机会难得，我想拜师学习"。这里确实是培养年轻人的大学校。培养更多的年轻人适应国家建设的发展，吕明想这是工程的又一种"荣誉"。他二话没说便答应了。结合今天的事，他和小潘促膝谈心：对荣誉的理解，还要加深提高。

小潘听得似懂非懂，但紧接的一件事让小潘有了体会。吕明在大桥管理局大楼建设施工的监理中，采取以管为主，以"监、帮、促"相结合的原则开展工作，同时督促承包单位推行全面质量管理，有力提升了工程建设管理水平。湖南建工指挥长宋正群感慨地说："这样的监理，监督到位，理顺各方，提升了工程质量。吕总的思路、方法和工作，让我们同为这一工程的建设者感到愉快和荣耀。"

明白这些后，一天，潘嘉殷向吕明郑重递上一叠纸张，说："这是我的入党申请书，我想和您一起'为荣誉而战'。"

吕明接过潘嘉殷的入党申请书，双目凝视小潘，深情说道："记住，这份荣誉和我们的生命一样重要，值得一辈子为之奋斗！"

潘嘉殷一个立定，仿佛吕明当年从公司党委书记手中接过"战袍"一样，坚定回答："请您放心，我会为'荣誉'添彩！"

一个人的支部，不是一个人在战斗。吕明放眼远方，激情再次从他心中升起。

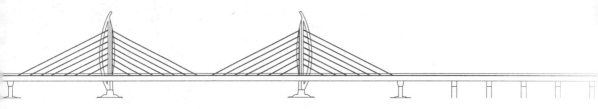

堡垒构筑于心

心所在，家所在

大桥岛隧工程项目部有四千多名员工，五大工区，每个工区都有党支部。"支部建在连上"的光荣传统在这里焕发新姿，每个支部的堡垒作用各自精彩，这是其中的三个故事。

心所在，家所在

"小狗跳海了。"

随着一声惊叫，大桥岛隧工程东人工岛Ⅱ工区几个年轻人围了过来，看着那条平时可爱而现在漂浮在海面的小狗，大家一阵心痛惋惜。"小狗受不了船上的颠簸、风雨、孤寂。"小张突然发现似地说。一句话，让大家从惋惜中回过神来，不由面面相觑。

这是东人工岛构筑之初的一个生活细节。这条小狗就是几个年轻人为排解寂寞专门从岸上买来养在集装箱里的。这条小狗已经落过一次水，大家以为是意外。现在才明白，它是自己跳海的。

　　那时，工人们戏称这里是"海上沙漠"。其实这里原本"沙漠"也没有，只是海。这"沙漠"，是建设者从海底"筑"上来的，是他们的栖身之所、乐业之"家"：每天头顶毒辣太阳能晒脱皮，基坑如蒸桑拿闷得直喘气；身边机器震动声、天空飞机过往声，轮番轰然作响，相互说话要扯开嗓子喊，晚上入睡是在"习惯"以后，这是世界上少有的"自然成习惯"。有不时到访的台风，却无淡水、绿色植物，手机信号也没有。与世隔绝，繁华世界却又分明近在咫尺。

　　如今，孤岛已不孤，"孤家"连万家。工人们说：心在，家就在；是党支部让大家心心相印，就成了"家"。

　　这"孤岛"由大桥建设者构筑，这心与心是怎样相印成了"家"？

　　2014年9月，第一次走进这"家"的时候，邱云真有"孤家寡人"的感觉。虽然这里人头攒动，但远眺对岸繁华世界，"与世隔绝"的感觉却更强烈。感觉源自心。邱云深切感受到了，心是多么重要。自己是领导新派来的Ⅱ工区党支部书记，就是奔"心"来的，就是为这一家人心心相印来的。邱云不由将心比心。

　　"心"，由此成了他心心念念的事，成为他开展党支部工作的心结。

　　时近傍晚，晚霞满天。随着日班将息，工地作业的机器震动声也悄无声息。就在这时，工地平时用于工作的高音喇叭里突然传来舒缓柔美的音乐声。平静的工地瞬时流淌浪漫，仿佛一个世外桃源的度假胜地，正在吃晚饭、准备休息的工人们顿时兴起，疲惫缓解，心情大为舒畅。

目睹此情此景，邱云心里喜不自禁。这正是他要的效果。几天来，他穿梭工地，忙于熟悉情况，夜晚走进工棚与年轻工人聊天，专门听取他们对丰富岛上工余生活的想法建议。"改变一下沉闷环境吧""制造一点轻松气氛吧"，大家几乎不约而同地说道。

心情，大家最希望的是放松心情，缓解情绪。但邱云想，这怎么做到呢？别说文娱生活，手机、电视、收音机都由于没有信号用不了。那天晚上，他在一个工棚外，突然听到里面传出音乐声。走进一看，是一个小伙子不知从哪里弄来一部老式录音机，他在放人们已经多年不用的音乐磁带。音乐！邱云顿时心中一喜。音乐是调剂情绪、缓解疲劳最好的镇静剂啊。对，就从音乐开始。可这一套设备哪里来呢？第二天，他立即上岸，向项目部提出自己的想法，请他们想办法支持。他特别提出磁带内容一定要轻音乐。两天后，项目部从广州专门配齐的设备来了，磁带来了。于是有了今晚人工岛上首次的音乐声。

跟从音乐声，邱云的思维随之发散。他想马上建一个文化休闲中心，先配简易乐器、体育运动用具，等有了信号，再买来电视机、收音机、投放仪。文化休闲中心一个"心"字，更让他思路迅速打开。很快，工程服务中心、学习培训中心、生活互助中心、民主管理中心，一一建立。"五心合一""以人为本，建岛筑家"的支部工作规划加快落实。工程服务中心集技术咨询、材料调剂多种服务一体；学习培训中心为不同工种考核考级、技术职称晋升晋级提供各种专题讲授；生活互助中心，为大家排忧解难；民主管理中心，调解矛盾，专门为农民工建立五个工会分会，落实各种防暑降温药品、节假日慰问品。

"家"逐渐有模有样，温馨广为播撒传导，工人们的归属感、荣誉感、责任感日益增强。大家的心贴得更近，怡然安放在岛。

心所在，家所在。邱云心里再次涌起这一强烈感受，心结随之慢慢解开。

解开了结，如何做得更顺？"五心"更温馨？邱云心里在谋划。

临近元旦，邱云突然听几位年轻人在议论，几个小伙子要准备结婚了，想集体请假回家。集体？回家？说明这个"家"的吸引力还不够啊。邱云心绪不宁：这些在岛上奋战了几年的小伙子，工作压力大不说，平时挤点时间去谈恋爱更难。现在他们要结婚了，是喜事，要支持。但一齐请假，他们的岗位都是一个萝卜一个坑，会影响吗？不给请假，是不是太不通人情？集体，回家。两个词在他脑海汇合，他突然一拍后脑勺：何不在岛上举办一次集体婚礼，大家一齐高兴，既添了岛上的喜气，凝聚了人心，还增加了新郎新娘的荣誉感、自豪感，让他们感到这就是一个"大家庭"？

想到这，邱云一溜小跑，立即找到一位将做新郎的小伙子，把自己的想法告诉他，征询他的意见。没想到小伙子一听，兴奋不已："我正愁时间不好安排，老家习惯的排场又一时难改，对象早就说想来珠海玩玩，可我哪里有时间上岸去陪她？这一下不是全解决了？集体婚礼热闹又有纪念意义呀。"

小伙子一番话，说得邱云心里乐开了花。——征询，个个乐意。理解和被理解、信任和被信任在邱云心中激荡。他想，这场集体婚礼要热闹隆重，一定要办出筑岛年轻人的自豪感、幸福感，还要办出全体建设者的荣耀感，这个"大家庭"的温馨感。

邱云这个自己尚未成家的年轻支部书记第一次做起了集体婚礼总策划，他带领支部其他成员，从为新人拍照到请新人父母来岛，从活动策划到操办仪式，全程到位。

港珠澳大桥建设第一场集体婚礼，在西人工岛，在伶仃洋上，破天荒举办。

筑岛人的自豪、建设者的快乐、新人们的幸福，在这场集体婚礼达到高潮。

婚礼一结束，新人们的双方父母就一齐来向邱云致谢，说："这个大家庭，比我们的小家，还让人自豪荣耀、幸福温馨。谢谢您！"

邱云一听，连连摆手。他动情地说："我们一家人，不说两家话。"

心心相印成一家。

由心而情，因情聚心；潜移默化，润物无声。心在家在，安居乐业。2015年，Ⅱ工区获得全国"AAA级安全文明工地标准化工地""全国建筑业绿色施工示范工程"多个称号。

"港珠澳大桥是'超级工程'，我们的党建工作也达到了'超级水平'"，建设者们发自内心地表达。

情满"超级工程"

参建大桥岛隧工程六年，在Ⅴ工区任党总支书记三年，80后王有祥感受最深的是和工友们建立了深厚感情，以至工区担负的任务完成，大家要挥手告别时，个个相拥紧抱，人人难舍难分。回望大桥，更是泪满襟、一步三回头：这大桥，何不是他们的满腔深情凝结？

2011年，中交一航局组建沉管安装团队，把王有祥调到了珠海。2014年，他被任命为党总支书记。"三战伶仃洋"这段最难熬的日子，所有人刻骨铭心。

Ⅴ工区担负第15节（E15）沉管浮运工作，两次回拖，三次浮运，那是怎样的煎熬。Ⅴ工区浮运安装团队的成员，从项目经理、王有祥自己到每个普通钳工，都哭了，热泪长流，眼眶红肿。但哭完之后，还得安安全全地把沉管拖回来，再稳稳当当地送过去，在牛头岛两次寸步不离地全体待命，24小时坚守岗位。而这期间，有2015年的元旦和春节。

沉管回拖，这是前面14次安装从没有过的事。第一次回拖后第二次浮运前，所有准备工作细之又细。"为了保证这次出征顺利，党总支召集大家开了一个又一个会，做了大量思想工作，特别是对党员提出了'使命就是一切'的坚决要求。"王有祥感怀地说道，"我们同时做了238个风险管控点，非常仔细，把能够想到的风险点，用'头脑风暴法'全部想到了。同时主要岗位党员把岗。"

大家满怀信心，都以为这次可以顺利安装了。然而，天有不测风云。Ⅴ工区的浮运船队还没有到达预定位置，前方传来消息，情况不好，沉管再次拖回。所有人惊呆，整个团队一片茫然。

"当我看到大屏幕上的回淤时，我头脑发麻，人完全呆滞。"王有祥事后回想，那惊心动魄的感觉仍挥之不去。"沉管施工以来，从来没有遭遇过这么可怕的事情。看到潜水员打捞上来整箱的淤泥，我知道我们这几个月的辛苦又付诸东流了。但没办法，只得回拖。"

我们把E15管节安全回拖到牛头岛深坞，大家继续在岛上待命。可这时，所有人的情绪低落，每个人都受到沉重打击，意志几近崩溃。

怎么办？如何重建信心，如何重塑信念？作为党总支书记，王有祥心潮澎湃："考验的时候到了"，自己的情绪必须赶快缓过来，必须信心坚定，必须信念不移；更要高举旗帜，发挥支部的战斗堡垒作用，团结一心，党员带头，带领大家渡过难关，信心百倍继续战斗！

他一次次召开总支会，和党员们促膝谈心，与大家共商对策。一番商量下来，大家意识到，振兴团队士气，除了党员做好榜样外，船队的三个主力船长是特别重要的人物，他们是沉管安装的关键人物，浮运的核心。大家意见统一，便分头开展工作。三位船长以前在一航局时都是明星船长，干过大起重船，有的还得过全国五一劳动奖章，都是这个行业的佼佼者。王有祥想，他们的思想工作不是简单的谈心，而是要更得体的交心，从更高标准和要求与他们建立真挚感情，为大家当好行动上、思想上、感情上的"船长"。

思路清晰，心情开朗，深情涌起，王有祥满怀真挚走近三位船长，心贴心，情暖情，三位船长露出了笑脸，敞开了胸怀，坚定了信心。

榜样的力量是无穷的。船长的舵手形象给了大家定心丸，党总支各个成员趁热打铁，思想工作有序展开，牛头岛上恢复了往日的欢笑和祥和。

等待，令人心焦。无法预知时间节点的等待，更是让人坐立难安。

王有祥的思考与工作一刻没有松懈。他和几位年轻活泼、思维活跃的支部成员商量后，一个个就地取材、因地制宜的文娱活动、学习讲座此起彼伏、接连不断举办。党总支结合项目特点和第三次浮运准备，推出了"一室一家一队一角"的党建载体布置，在营地桂山岛创建了"党员活动室""职工之家"，展板、书刊、棋盘、临时图书室一应俱齐。他欣喜地向大家提出：在"家"里好好放松一番，在岛上愉快度过每一天。在一年多来的磨炼、经历中一步步成熟起来的王有祥，青春似火，激情奔涌，他深知年轻人在这个时刻的特殊作用和意义。经过一番动员准备，他与总支成员分头行动，同时建立起了多支"青年突击队"，在多艘船舶设立"船舶文化角"，购买图书、添置健身器材，生龙活虎的等待生活，弥漫营地，情暖每个职工的心头。而精心准备的"两学一做""三严三实""四讲一有"等学习教育活动和材料，在"书记课堂""廉政课堂""工匠精神"课堂全面铺开，融入大家的脑海，浸润大家的心田。

2015年3月24日，V工区浮运船队妥妥地稳拖第15节沉管向沉放地点满怀信心出发。千呼万唤决战的时刻到来，千锤百炼淬火的壮志焕发，千难万险面前奏响胜利的凯歌：沉放安装成功！

王有祥和团队每一个人再次热泪奔涌，紧紧相拥。而此刻，泪，没有了苦涩，唯有甘甜。拥抱，不再是苦心传递，而是胜利的欢乐激扬！

眼前仿佛红旗猎猎，心中有如大海奔涌。王有祥思绪万千：胜利来之不易，自己作为一名普通建设者，一个普通共产党员，不过做了应该做的；这个团队团结一心，坚强稳定，每个人都是身心付与。他想，当大桥建成，当哪一天自己走上大桥，当队友们回想经历的每一幕，当每一个大桥建设者看到大桥的身影，都会发自内心而自豪地说：

我们深情倾注大桥，情满"超级工程"。

"先锋"筑就堡垒

在岛隧工程西人工岛Ⅰ工区，每个党员佩戴党徽上岗，成为风气。

"中国共产党党徽是党员的标志。"Ⅰ工区党支部书记孙长树说，"党员就要示范。每个党员佩戴党徽上岗，是用这种仪式感强化党员的先锋模范意识，自觉起到示范作用。"

有着十余年党龄的孙长树，在来到港珠澳大桥工地前，就在别的项目担任党支部书记。中交系统在港珠澳大桥建设每一个项目的一线团队都建有党支部，"支部建在连队上"成为一道风景，成为工地一线坚强的"领头羊"。

"'领头羊'就是先锋，走在前，示范作用会激励大家，就会把每个人的力量凝聚在旗帜下，筑起坚固堡垒。"说起党支部的意义、作用，孙长树话语滔滔。西人工岛开工建设很长一段时间，Ⅰ工区施工队伍中的技术、后勤人员都住离岛二十多千米的岸上营地，船是来回的唯一交通工具，单程一次要一个多小时。每天身心疲惫，这颠簸得想吐的船大家能少坐就少坐。孙长树却是Ⅰ工区坐船最多的人。他忙的时候，要天天来回跑。早上7点出发，晚上6点上船回驻地，一路颠簸下来，人只想吐，没有一点心情吃饭。最想的就是睡觉。但不行，一会电话来了，有电话就是有情况，还得及时处理。"最享受的还是在岛上没有信号那阵，心有安静的时候。"孙长树回想过去，笑话中显出无奈。

孙长树记得非常清楚，他是2014年7月23日12点16分接到赴任调令的。25日一早，他就从天津项目部赶到珠海上任。

人工岛上毫无条件，施工辛苦，生活单调，人人都经受考验。孙长树知道肩上的责任，他不但要很快适应艰苦环境，还要带领大家日夜奋战，攻克难关，按期完成任务。从繁华城市来到孤岛，面对澳门、珠海的岸上无限风光，孙长树开始找工作的突破口。人心都是肉长的。他想，在这孤岛，没有信号，联系不上家人，离不开岛上一步，尤其夜色降临，长夜难眠，这煎熬用什么转移排遣？"唯有文化娱乐生活调剂，唯有心情与精神充实。"想到这，他带领支部一班人，在前任打下的基础上，开始多方面改善岛上住所、配置运动器材，组织各种轻松、简易的文化娱乐活动。随着信号的到来，他及时安装电视网络，为工人们上网学习、游戏购置多台电脑。露天电影、趣味运动会、集体拔河，激发了大家的热情，丰富了业余生活。工人们体力劳累，精神上有各种压力，他又专程到珠海市多家医院请来医生给大家做免费体检，邀请专家进行辅导。后来，他又聘请医生试行驻岛，不定期请专业理发师上岛，保证大家的身体健康，减少大家的后顾之忧。

逐渐打开的局面，让孙长树心里更坚定了自己的想法。有着十六年的党龄，经历多个项目的参建、磨炼，担任不同环境中的党支部书记，孙长树对党组织建设、对党员的引导、管理有自己真切的体会。工程建设一样要讲政治、讲大局。这是中国特色，也是中国共产党组织纪律性的鲜明特征。在这样"国之重器"的工程建设中，应该旗帜鲜明展示，大张旗鼓宣传，创造示范效应。党员，在工作上、技能上都要领先，要在关键岗位把好关。而党组织，要发挥堡垒作用，团结干部群众，发挥好引领作用。想到这些，他专门召开一次支部会议，和大家深入讨论，达成共识。很快，"党建活动室"建立，党员定期学习和"四有党员"评议活动全面推进，同时吸引了一批有入党意愿的年轻人。I工区21名党员中，有4名是来自协作单位的农民工。孙长树不分彼此，吸纳他们一齐参加支部的各种学习和各项活动，给他们佩党徽，分任务，帮助他们解决生活中的困难，使他们真切感受到党组织的温暖，油然而生自豪感、责任感。党建活动有声有色，效果突出，孙长树满怀信心地把组织建设工作推向深入。

建设如此机遇难得的超级工程，面对庞大的年轻团队，孙长树特别深切感到，把技术人才吸引在身边，把思想政治工作的全覆盖引领和先进技术的应用汇集结合，凝成合力，建设一个团结奋进、不断开拓的施工团队，形成更加强大的"堡垒"，这才是身处这一大桥建设中创新党组织建设、发挥好党员先锋作用的新形势、新要求。如何把这一建设和作用释放在培养一代新人成长，培养更多今后为国家建设发挥长远作用的人才？成长需要培养，后劲需要加持。他想到了"充电"。

"给年轻人充电"的活动铺开，各种学习小组、培训班，在孙长树的精心安排下逐步建立。集政治学习、业务技术、生活技艺各方面内容的"西岛课堂"，更是受到大家的热烈追捧，每晚前来学习、听课、参加培训的人络绎不绝，成为大家学习的大课堂，成才的新天地。

在技术业务方面，如何发挥党员的先锋作用，形成引领力量？孙长树越想越深，心中充满温热，新的思路形成。结合工程任务和党员所在的工作岗位，他从组织"党员安全生产示范岗"抓起，在岛上率先成立"党员创新工作室""党员创新示范班组"，把项目的机械、工艺、测量和安全这四大分工不同班组的党员技术骨干组织起来，大搞技术革新和创造小发明。

引领形成风气，风气成为局面。从"有追求、有想法；敢担当、敢创新"的活动开展，到有计划、有组织、有目标推进，一个崭新局面形成，激发了大家的创新热情，焕发出每个人忘我的干劲，共筑日益强大的"堡垒"。

在党支部的有力引领下，从设备创新到测量定位仪器研发，Ⅰ工区6年中进行了24次工艺技术研讨，获得23项技术创新，累计申报国家专利80项，在国家科技核心期刊发表技术论文19篇，为工程项目提出合理化建议60余条、贡献小型工艺优化近300例，为全工区高效优质完成施工作出了突出贡献。

　　贡献迎来团队鼓舞人心的荣誉与自豪：工区获得全国总工会颁发的"工人先锋号"称号、集团授予的"先进基层党组织"奖牌。

　　工区一片欢腾，每一个人心中激情奔涌。

　　凝视着"工人先锋号"鲜红的大字，孙长树心中极不平静。他一遍遍念着这五个大字，觉得如此亲切，如此深情，如此令人浑身充满力量。他知道今后的路更长，团队建造大桥，"先锋"筑就堡垒，堡垒将凝聚更多的"先锋"……

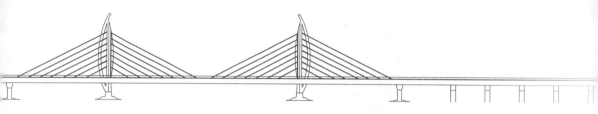

初心恒在新篇章

岁月如歌，壮心不已

2016年9月25日，一个普通的日子，有一位不普通的老人在港珠澳大桥施工现场度过了他六十四岁的生日。火热的工地生活、不息奋斗的人生追求、人们敬佩的眼光和美好的祝福，一齐汇聚，为他的生日增添不一样的快乐气氛，呈现他不忘初心的人生新篇章。中铁大桥集团公司董事长刘自明给寿星如此赠言："四十载建桥百座树丰碑，花甲年征战南海续华章。"

这位"寿星"叫谭国顺，一名有着四十年党龄的我国著名桥梁专家，港珠澳大桥主体工程桥梁CB05标段项目经理。

按照政策规定，谭国顺在六十岁退休。就在他五十九岁准备退休之际，中铁大桥局中标港珠澳大桥主体工程桥梁工程CB05标段，光荣重大的使命，让担负着中铁大桥局股份公司总经理的谭国顺心中极不平静。他为国家建了一辈子桥，先后挂帅京沈大桥、东海大桥、杭州湾跨海大桥、胶州湾跨海大桥等重大工程建设。从组织港珠澳大桥主体工程桥梁工程的这一标段竞标开始，他带领团队一次次赶赴珠海，精心准备，凝聚团队智慧反复谋划，终于中标。那时他就想，修建港珠澳大桥这一世界跨海超级工程，是人生最珍贵的机遇。这对一个桥梁人既充满渴望与魅力，又激起人生的壮志与豪情，而在自己退休之际，还能赶上这一机遇，他心中充满期待。他思考更深的是，这一标段工程情况复杂，工程内容多，施工点分散，涵盖了非通航孔桥、通航孔桥、珠澳口岸连接桥、收费站暗桥等不同环境和技术要求。施工点分布在中山预制基地、海上平台、珠澳人工岛等地，大量协调工作要具体落实。而且施工人员多、大型船舶多，管理协调难度大。他知道前面有困难，有考验，甚至有风险。但作为一个老党员，一个经组织培养这么多年的干部，还有什么比在这关键时刻勇敢上前，完成好这一使命更荣耀、更有意义？而且自己有经验，有管理全局的磨炼，既能挑起这重担，还能培养年轻队伍，让人生价值延续、让好的作风传承。一个个想法，一种种思考，信仰的力量与炽热的情感，在他心中翻腾。初心恒在，激励他作出毅然决定。

放弃领导职位，放下稳定的家庭生活，迎着新的考验与期待，谭国顺披上"战袍"，再度出征。

2012年7月30日，CB05标项目部非通航孔桥上部结构施工工区举行升旗仪式，全标段第一面五星红旗在工区驻地冉冉升起。面对高高飘扬的国旗，谭国顺激情澎湃。多少次在工地升国旗，多少次让他备受鼓舞。想起6月28日签订CB05标施工合同起到今天，项目部仅用一个月时间，率先在标段内完成了珠海驻地建设和驻地塑形工作，形成了办公能力，为推进大桥主体桥梁工程建设打下了坚实基础。他为这支队伍感到自豪。他在简短讲话中，深情鼓励大家发扬敢打硬仗的建桥铁军精神，不忘初心，继续抒写大桥局新的光辉篇章。

随着良好开局，项目部各项工作立即转入标段施工现场。

港珠澳大桥非通航孔桥承台墩身预制施工是桥梁工程施工的关键节点，其中承台及底节墩身将采用一次性整体浇筑技术，属国内首创。谭国顺带领团队迎难而上。团队里大都是年轻人，他们年轻好学，对谭国顺尊重有加。这让谭国顺深为欣慰。他像对待家人、对待儿孙们一样用心带领团队，倾情培养他们。面对这一技术难题，谭国顺又特别注意发挥他们的特长，注意引导他们的思路，一边传帮带，一边发挥集体智慧，在自己提出的工艺框架上，和大家反复讨论，几经论证，终于研发出集机、电、液于一体的承台墩身的预制生产线，并成功攻克了大体积承台墩身一次性整体浇筑及养护难题。

初战告捷，谭国顺心情振奋。但到安装步骤时遇到了难题。2013年初，承台墩身安装所需的双壁锁口钢围堰拼装、插打、拔出等均不顺畅，严重制约了施工速度。谭国顺一连数周，冒着寒风冷雨，迎着强涌巨浪，出海指导工艺改进。在他的带领下，技术人员采取近海岸整体拼装围堰、运送到墩位整体插打、浇筑水下封底混凝土等工艺确保了围堰精确插打，并采用围堰内外水压差的方式助力围堰拔除。这些优化工艺的采用，使CB05标率先完成了首个承台墩身安装和首片组合梁架设施工。

难题与挑战一个接着一个。当标段内组合梁已全部安装架设完毕，港珠澳大桥标志性建筑之一"双帆"开始海上安装。这是又一次攻坚。

CB05标段内大桥通航孔桥九洲航道桥主塔"双帆"，上塔柱高120米，而澳门机场航空限高122米，这意味着主塔安装不能采取常规竖转施工法，必须找出一个几乎不用抬高就能完成施工的工艺。如何攻坚克难？谭国顺带领团队一次次在现场勘察，对周围环境和施工条件深入分析，形成了初步方案。一次竖转，重在精准，关键是高度控制。他几个星期睡不好安心觉。他激发年轻人出主意，想办法，和他碰撞，和他交锋。他受到启发，在反复进行方案优化后，最终形成了一次竖转方案。在大家的共同努力下，九洲航道桥两座主塔上塔柱都一次顺利安装成功，两座主塔精确安装到位，两道美丽弧线耀眼伶仃洋。

站立吊船，仰望这美丽耀眼弧线，谭国顺眼前仿佛一道道人生弧线相接，一样精彩夺目。他清楚记得，中铁大桥局用的第一艘施工吊船是35吨级的，是1925年美国制造的。如今港珠澳大桥建设原材料到施工现场多艘3000多吨的吊船、甚至12000吨的浮吊等众多大型先进的设备，全都是国产的，是响当当的"中国制造"。能建成这样一座世界瞩目的大桥，建成这样世界跨海超级工程，是党的坚强领导，是国家发展的跨越，是中国建设者创造精神的迸发，是中国从桥梁大国走向强国的里程碑。

历史与现实交替，自豪之情在谭国顺心中油然而生。

海风吹来，几缕白发随风而起，他随手轻轻一捋，思绪奔涌：岁月如歌感怀倾注，五年征程，壮志已酬。作为一名建桥大半辈子的人桥建设者，作为一名矢志不移的普通党员，自己做了应该做的，追求了自己信仰所坚定追求的。

此刻，那首千古遗篇，似在耳边回响：老骥伏枥，志在千里；烈士暮年，壮心不已。

从"孤岛"到"绿岛"，绿染生机

2013年12月2日，港珠澳大桥的首个钢箱梁成功架上桥墩，标志着港珠澳大桥从下部结构施工转入上部结构施工。大桥施工遵循"四化"理念，全部钢箱梁和混合梁，都是施工单位在全国各地的基地制好板单元后，经海运至中山基地焊接拼装，由大型船只运到现场安装。全桥安装148片组合梁和130片钢箱梁。其中，最大的钢箱梁长150多米，重量达到3500吨。钢箱梁如同"积木"，大桥桥梁由此"搭建"而成。这是大桥建设的又一技术创新与新工艺，一个个钢箱梁由建设者历经艰辛拼搏"智造"而成。

"我们团队的任务，本来就是钢箱梁总拼装。这个'拼'字，是我们的'宿命'，更是我们团队每个建设者的'使命'。"担负大桥主体工程桥梁工程CB01标钢箱梁项目部的党工委书记、中山基地建设指挥长王树枝感慨地说。

当王树枝带领1300余名建设者踏上基地时，这个号称"临海工业园"的马鞍岛，给他的感觉就如"孤岛"。这里远离中山市区30多千米，他们的基地还是"孤岛"偏僻一隅的1000余亩滩涂荒地，泥泞水浸，黄沙接海，杂草丛生。岛上没有一条像样的路，上岛的人与物资都靠小舢板和货船渡运。

王树枝和团队上岛的第一个任务是要在半年内建设完成适应钢箱梁焊接拼装要求的厂房和胎架。

半年，"四化"施工生产要求，这时间与任务，让王树枝心中清楚，挑战与考验到来，短兵相接"拼搏"的时候到了。

在这滩涂之地建好"根基"，土建施工要完成300多个基坑承台，房架钢结构就有8000多吨，十几台起重机需要制造安装，各种生产和生活物资仅靠航运。这里台风频繁，尚无安身之处的他们一遇台风就得随时撤离。在接下来的大半年，他就组织了三次几百人的大规模撤离。"根基战"，是首战，是攻坚拼搏战。

"别无选择，唯有迎难而上拼命干。"王树枝在基地动员会上一次次响亮喊出这一干脆有力的口号，他举起右手，振臂一呼："共产党员在一线当好先锋模范，全体员工团结拼搏，首战必胜！"

白天黑夜，王树枝马不停蹄，带领大家奋战一线。党工委成员在各自岗位夜以继日，坚守一线。年过半百的吴师傅是工程管理部主管，患有糖尿病，动员会后他身体力行，和年轻人一样闲不下，被大家称为不知疲倦的"陀螺"。看着老吴的身影，王树枝深受感动，每次见到他，总想劝他多休息照顾好身体。这位有着二十多年党龄、长年奋战一线工地的老师傅却轻轻一笑，诙谐中带着坚强："养身病，活动习惯了，多动动，说不定'糖尿'就少了。"听得王树枝眼睛发热。正说话间，传来情况：供水停了，岸上水管出了问题。吴师傅一转身，就直奔码头。"老吴，你吃了午饭再走。"王树枝对着老吴背影大声呼喊。老吴头也没回，一溜快步跳上了船。王树枝心头又一热，岸上没有项目部的食堂，糖尿病是不能挨饿的。他连忙掏出手机，告诉岸上正在购置材料的同事："速为吴师傅准备一个外卖盒饭送去"。

拼搏之中，千亩滩涂建起了拥有存放能力达12万吨的板单元存放区、5000吨级码头的世界最大的钢箱拼装基地。一个大跨度现代化拼装厂房拔地而起，拼装胎架建设到位，先进设置配置到位，打赢了这场"根基"首战。2012年12月28日，钢箱梁总拼装厂顺利开工投产。

钢箱梁总拼装全面开工。这是又一急难任务。面对总拼厂房6000多吨的钢结构要在3个月内全部完成加工详图的转化、钢结构的加工制造、安装等目标。然而拼装开始，原计划每月至少拼装4个大节段的任务，却完成不到一半。赵达斌看在眼里，急在心中，每天走路都风风火火。

王树枝心中也急。但团队作战，光自己急，怎么解决问题？

"老赵,我们要怎样进一步激发大家的干劲,发挥团队优势。"赵达斌一听,知道王树枝话中有话,便停下脚步:"把任务细化到个人?""相反,应该形成团队的力量,在全工地开展劳动竞赛,团结一心同拼搏。""开展一场'百日竞赛'。"赵达斌心里一亮,脱口而出。"对,劳动竞赛,党员要争当先锋,发挥好党组织的引领作用。"说完,王树枝又特别加重语气说道,"我们还要不断发现新人,培养新人,为事业输入新鲜血液。"随即,党工委召开全体党员大会,战前动员,"带头攻坚,勇当先锋"8个字作主题,一句"以奋勇拼搏表达信仰追求"寄语全体员工。

竞赛如火,拼搏昂扬。4米多高的钢箱梁段要一节一节焊接,焊工固定岗点,质量和进度检查却要"上下翻爬"。老党员、生产管理部副部长唐宝华奋勇在前,每天"翻爬不止"。一次2000吨龙门吊电机突发故障,出现停摆。党员祁连海坚持两昼夜没下火线,最终排除设备故障。为做好后勤保障,58岁的老党员胡秀华在闷热如烤的厨房每天湿透几身衣服,做出可口饭菜,还挑起绿豆汤、大碗茶一担担送到大家身边。"贴心的伙头军"成为大家对他的亲切称呼,喝下清凉的时令饮品,大家拼搏劲头倍增。"百日竞赛"如期达到目的,每月完成5个钢箱梁大节段拼装新纪录。

拼搏带动拼搏,先锋影响先锋。党员带头,接连的拼搏奋战,善意的培养,工地涌现出一批提交入党申请书的青年。2013

年7月1日，基地举行了一次隆重的入党宣誓仪式。经过近两年的培养考察，一批青年光荣加入党的组织，成为基地第一批新鲜血液。

目睹年轻队伍的成长，王树枝兴奋不已。上岛不久，为大家排遣孤岛生活的寂寞，王树枝专门开设了一个"孤岛夜话"的娱乐聊天室，从自己带头做诗、讲诗传授诗歌创作技巧，到有不同文艺特长的年轻人或表演或传授，每晚开讲，给大家增添了不少快乐。但一个"孤"字总让王树枝心中不是滋味。"孤岛"如何才能不"孤"，怎样给大家一个"共岛一家，家在快乐在"的新感觉？"绿色发展""绿色工程"，在他心里绿意涌动。和党工委几个年轻党员交谈合计后，他和群工部别出心裁地开创了"绿岛之歌"的歌咏晚会，从集体学歌、唱歌到独唱、合唱，从欣赏到比赛，嘹亮歌声在工地飘荡，愉悦之情弥漫大家心中。紧接，"南北联谊"的系列文娱活动，球类、棋牌友谊赛一个个开展。王树枝以他独特的"交通建设者的文化艺术实践与感悟"，为基地、为"孤岛"培植起盎然绿意，培育出片片绿色：新人成长，自有后来人；绿染生机，可持续发展。

"孤岛"阴霾散去，"绿岛"生机勃发。以"快乐为节奏"的拼搏，高奏团结奋进的胜利凯歌。

踏遍河山志承传

80后、90后，一群又一群，一拨又一拨，大桥主体工程交通工程施工项目CA02标段第一项目部党支部书记王乐余每天看着带领的这支朝气蓬勃的队伍，每天都有新鲜感，每天都感到自己肩上的责任和担子：既要建好大桥，还要培养好年轻的团队。

港珠澳大桥主体工程交通工程起于粤港分界线，沿23DY锚地北侧西向，止于珠澳口岸人工岛大桥管理区互通立交，全长30千米。此外，还有包括位于洪湾管理养护中心的调度中心和主体工程至调度中心的通信管线。项目点多线长：通信、监控、通风、照明、消防、安全设施、收费、防雷接地、供配电、给排水、综合管线、系统集成等工程。

第一项目部工程任务庞杂，包括九个子系统。这里更是年轻人扎堆：三十五岁以下的青年占到百分之八十。"人是企业发展的第一要素，党建工作与项目施工相结合，是培养人、做好工程的关键。"王乐余特别说起自己的一个深切感受。

怎样相结合？从哪里抓起？王乐余这位老铁道兵想起了自己的成长，踏遍山河、志在四方，逢山开路、遇水架桥的军营岁月，是老兵带新兵、手把手、心贴心带出来的。从心与新开始，从带与传起步。王乐余坚定自己的想法。2015年，项目部来了三十多名毕业生。人才集结，新手成群，从心开始打磨，从头不断充电。针对这些大学生本科、专科、技校的不同学习经历和专业，王乐余着重新人的岗前培训，人人参与，多岗轮换。然后在岗学习与脱产再培训相结合，使他们在专业知识学习实践中知识不断更新、操作技能不断提升。王乐余为此特别建立了"导师带徒"新模式：师傅有不同层次，形成"导师"团队；每个师傅带三四个学生，师徒签订不同层次的教、学协议，通过以老带新、以强带弱、一帮一、层层带，结合分专业、分阶段考核，由此既缩短节约了教学时间，又尽快培养出了人才。这周期短、效果实的方法，使团队整体素质成长如雨后春笋，节节拔高。

"党员要在传帮带中起到更好的示范引领作用。"王乐余在支部大会上反复强调。党员的先锋模范作用，是王乐余开展党建工作始终摆在第一位的。

党员吕正润是第一项目部的一名老党员，2016年来到项目部，他负责桥上箱梁内光缆的敷设、接续、测试和电器性能平衡工作。他勤勤恳恳，兢兢业业，被大家称为"不知疲倦的老黄牛"。王乐余与吕正润几番商量下来，成立了"吕正润劳模创新工作室"。在港珠澳大桥建设工地，这富有创举意义的先行，成为项目部工地人才成长的"摇篮"，先后二十多个徒弟在吕正润手把手、传帮带的培养下逐步成长，担负的工作以"好快精"不断受到表彰，吕正润的岗位成为项目部"党员先锋岗"。

党建促工程，抓项目施工又抓人才建设，王乐余带领团队用一年多的时间，通过反复试验，确定新项目和新工艺施工标准。"抓"出了几项"国内首创"：国内第一个3D拍照高速公路收费系统、第一个高速公路60千米不停车收费。

从新年元旦组织团队开展"勇攀高峰扬铁建精神，脚踏实地展青年风貌"主题登山活动，在轻松减压的同时，激励年轻人拼搏创新工作，到年底，CA02标段第二项目部集体编写的论文《浅谈港珠澳大桥中的接口检查工作》分别获得南方公司的一、二等奖，个人论文《浅谈港珠澳大桥交通工程电缆伸缩装置的应用》在《轨道建筑技术》专业刊物发表；项目QC小组的《提高公路交通工程桥箱内电缆敷设质量一次合格率》成果代表南方公司参加集团公司2016年度QC成果评审会暨质量管理工作研讨会的QC成果发布，与设备供应商合作申报的电缆伸缩装置专利获得发明专利5项、实用新型1项。

面对这些骄人的成绩，在豪迈施工、勇于创新中获得的荣誉，第二项目部的员工们无不伸起大拇指夸赞党支部书记刘远桂：是刘书记的"三板斧"筚路蓝缕、劈开了我们奋进的路。第二项目部负责的是供配电工程，整个体系庞大而复杂。港珠澳大桥采用国际通用FIDIC（菲迪克）条款进行管理，与刘远桂这个老铁道兵熟知的铁路施工管理模式不是一个"话语体系"。博采众长、取长补短，就从学习开始。为适应海上施工，刘远桂想到的是从组织大家学游泳、泳池里赛技能赛团结开始。"这第一'板斧'正中我们下怀啊。"年轻人个个兴奋地说。第二"板斧"是从"纸上谈兵"到"实战提升"。工程建设的老兵许斌负责供配电专业接口检查与联合设计工作，接口检查是设计延伸与施工衔接的先导，不能只停留在"纸上谈兵"。他每个月都有近十次的接口检查，从中山基地、牛头岛沉管预制生产现场到东西岛、桥面，每天各施工现场奔跑不停。刘远桂就对许斌说："你的丰富经验既要遍地开花结果，还要在年轻人的心里播种，培养他们早日成才。"许斌一听，喜笑颜开："好啊书记，那就从我这'五宝'开始，让年轻人在实战中成长。"许斌说的"五宝"是头灯、卷尺、相机、图纸和铅笔。他的工作每天离不了这"五宝"。工欲善其事，必先利其器。许斌的这"五宝"，成为优质工作的利器，此后更让年轻人如获至宝。许斌带领年轻的技术团队高标准完成了供配电专业接口检查，为第二项目部的设计提供了可靠的数据，完全杜绝了施工出现返工现象。从"纸上谈兵"到"实战提升"，在团队年轻人心中结出丰硕成果。

第三"板斧"是"全方位追踪，整个过程把控"，打造"精品工程"，快出多出人才。从FIDIC条款管理模式，刘远桂想到，开放思维，打破禁区是大桥建设的创新之路，也一定要在项目部每个员工的心里打牢这一思想基础，在工程的整体施工和所有环节追踪、把控，形成系统施工的"知行工艺"。这一"板斧"从思维到观念、从理念到行动，全力劈开了一条新路径，全程建立了团队的"话语体系"，实现了党建促工程，"精品工程"与"快出多出人才"一路行。

这路，漫长而艰辛，壮丽而光荣。王乐余、刘远桂都已年过花甲，都曾是一名光荣的铁道兵。他们的足迹遍及青藏高原、沙漠戈壁、深山冻土，踏遍祖国的山山水水。1984年铁道兵"兵改工"后，他们进入中国铁建集团，开始新的奋战征途。但《铁道兵志在四方》的"战歌"一直回响耳边，是激荡在他们心头永远的歌。老去的只是年龄，不老的是他们坚定的信仰与铁道兵精神。

　　笔者投笔从戎，第一站就在原长沙铁道兵学院新改为的长沙政治军官学院任教，那亲历与感染亦如这些老铁道兵战士一样，铭记于心。而今，笔触再及，感怀于斯。

　　采访中，大桥管理局党委副书记、行政总监、港珠澳大桥建设工程联合会主席韦东庆特赠送笔者《工地书记》一书。他深情感言："工地书记、工地党支部在港珠澳大桥史诗般的矗立并发挥作用，给现代工程管理提供了一个全新的案例。"

　　信仰坚定，不忘初心。高高飘扬的旗帜凝聚人心，创造出世界超级工程共产党人的时代形象、精神高地。

第五章

出神入化

出神入化，中国汉语又一比喻贴切、内涵丰富的美丽成语，形容技艺达到了极其高超的境界。

这是一种"功夫"。功夫：本领、造诣。有一种"中国功夫"，早以"外练筋骨皮，内练一口气；手是两扇门，脚下一条根，心中有天地"的刚柔相济、出神入化闻名于世。

港珠澳大桥的建设体现的是建设者的另一种"中国功夫"：智慧创新、高超技艺体现在每一个工程项目、凝聚在每一个建设者心中、展示在每一双劳动的大手，汇成大桥珠联璧合。

岛隧工程是港珠澳大桥主体工程的控制性工程，包含桥梁架设、桥面铺装、连接线、口岸建设，等等，是大桥整体的重要组成部分，一样足见"中国功夫"出神入化的高超技艺。

这出神入化怎样凝成？这"中国功夫"怎样展示了"东方一条龙，儿女似英雄"的多彩画卷？

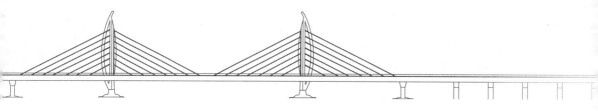

聚合神韵

合龙凝成"壁合"

与以往港珠澳大桥重要项目完美收官的时刻选择不同，2016年6月28日晚11时30分，伴随昼夜交替时刻的低温、寒冷，港珠澳大桥主体桥梁的最后一段钢箱梁，长8.6米的中跨钢箱梁吊入江海直达船航道桥合龙口，经过近一个小时的起吊，29日零时45分钢箱梁到达嵌入合龙口的位置，吊装顺利完成。

为什么选择晚上低温寒冷时刻？这是大桥建设者们睿智的专业设计：考虑到钢铁热胀冷缩的性质，合龙施工需要选择在气温最低且较稳定的条件下进行。

珠江口每年都在6月底7月初就要来台风，为保证桥处于安全状态，必须抢赶在台风来临之前把桥合龙。桥梁没有合龙，处于一个悬臂状态，风对它的冲击时刻存在巨大的真正"风"险。

这是一次聚合各方力量，共克难关、化险为夷的冲刺过程。

根据设计要求，钢箱梁吊起来之后，它两边缝隙的距离要控制在两厘米之内。在建设者的精心准备和高超技艺施展下，这成为一次精准的吊装。

"今天的起吊过程是相当顺利的，整个过程没有磕碰的声音，箱梁在进入合龙口之前，经过短时间的细微调整，把两边的距离对好，这个宽度跟我们之前计算的理论数据都比较吻合，从而精准地嵌入了合龙口。"桥梁工程CB4标项目经理余立志兴奋地说。

6月28日下午，运载着最后一节钢箱梁的浮运船慢慢驶入港珠澳大桥江海直达船航道桥施工海域。晚上10时，浮运船在预定位置抛锚，施工人员开始将大型吊机的钢索固定在钢箱梁上。晚上11时，这个重达180吨的钢箱梁缓缓从浮运船上吊起，慢慢地向合龙口靠近，又经过一个小时的起吊，钢箱梁才安全到达嵌入合龙口的位置，此时，也是钢箱梁的吊装难度最大的时候。

22.9千米的港珠澳大桥桥梁，首次在桥梁工程上部结构大规模采用钢结构，用钢量达40多万吨，足以建造60座埃菲尔铁塔。

吊装时间短暂，准备却是漫长。广东长大公司港珠澳大桥项目总工陈儒发带领团队，为了赶在台风季节到来之前完成合龙，团队提前两个月做各种准备，工程师们设法优化技术方案，积极与相关方沟通协作，合理有效调配资源，从而确保这一吊装合龙如期进行。

钢箱梁安装在桥墩之上稳如泰山，而桥墩的建造，却一样充满创造的艰辛。2012年，中交旗下一航局和二公局组成联合体，成功中标大桥主体桥梁CB03合同段。这一标段总长8.67千米，包括大桥桥梁工程三座通航桥中桩基最长、索塔最高、施工区域离岸最远的控制性工程青州通航孔桥1.15千米，深水区非通航孔桥7.52千米，需要预制72座桥墩，其中28座超高桥墩采用分节预制拼装工艺。这拼装之"合"，使技术难度成倍增长。为此联合体专门研发了专用模具。为保证预应力体系和干接缝竖向对接精度，项目部还同时研发了大直径预应力粗钢棒及波纹管定位成套技术。大桥墩台的底座在水下11米处，安放止水是第一道难关。工程最初使用胶囊止水工艺，但施工精度和工期都难以控制，一航局总工程师、全国水运工程建造大师李一勇带领技术团队几经试验、论证，在他过去的实践经验基础上，经过23次工艺优化，终于推出世界首创的"钢圆筒围堰进行全预制墩台干法安装施工工艺"，创造了钢圆筒围堰干法施工周转使用无破损的纪录，为桥梁工程基础施工开辟了新思路。就在江海通航孔桥合龙前两个多月的4月12日，青州航道桥成功合龙。已经安装于桥墩上的两个"中国结"屹立长空，与桥墩浑然一体，放射光华。

CB03标所架设的钢箱梁平均重量在2000吨以上。加上特制的可变形钢箱梁专用吊具的重量，平均起重达到2500吨，最重的Y1钢箱梁更超过了4000吨。如此庞然大物却要架设在相距110米的墩台上，施工标准要精确到毫米级。一航局五公司在东莞预制场为桥墩建造又研发出三大新技术：大直径厚涂层环氧钢筋加工技术、桥墩干接缝竖向匹配预制技术、桥梁墩柱立式出运技术，从一次次拼装之"合"走向大桥"珠联璧合"。

6月29日上午，经过对合龙桥梁相关数据进行检测，港珠澳大桥管理局确认，钢箱梁吊装的各项技术指标达到设计要求，技术人员开始对合龙口位置的缝隙进行焊接。10时，朱永灵正式宣布：港珠澳大桥主体桥梁成功合龙。

合龙走向"璧合"。这是大桥建设者神韵的聚合。

至此，大桥主体桥梁工程包括3座通航孔桥（九洲航道桥、江海直达船航道桥、青州航道桥）及深、浅水区非通航孔桥全部合龙。深水区非通航孔桥采用110米跨径整幅整墩钢箱连续梁桥，浅水区非通航孔桥采用85米跨径钢混组合梁，全部达到设计标准，完美收官。

这合龙收官，拉开一个新序幕：桥面铺装、交通工程等后续施工全面展开，大桥建设渐入佳境。

奋进渐入佳境

港珠澳大桥钢桥面铺装和组合梁桥面铺装总面积达70万平方米，其钢桥面铺装是目前国内大跨径公路桥已完成钢桥面铺装总面积的四分之一，工程量为世界之最。70万平方米铺装的防水、防锈、防腐等标准要达到120年设计使用寿命，铺装工程的世界级指标与考验布满每一寸桥面。

这寸寸尺尺重任分别由重庆市智翔铺道技术工程有限公司

（CB06标）和广东长大公路工程有限公司桥梁工程（CB07标）担任。其中，CB06标主要负责26.84万平方米的钢桥面铺装；CB07标主要负责22.2万平方米的钢桥面铺装以及19.8万平方米的组合梁桥面铺装。

这寸寸尺尺凝聚了科研团队和建设团队七年光阴，他们开创了"从无到有""从有到精"的世界桥梁铺装工程新里程，一个个创新成果为中国和世界桥梁铺装行业带来一个个惊喜和启示。

这是两个具有特别意义的数字：15和50。

港珠澳大桥设计的钢桥面铺装使用寿命为15年。这是工程师们为匹配大桥120年设计使用寿命而制定的目标，是目前国内钢桥面铺装寿命的3倍。

钢桥面铺装工程技术的考验与挑战之一，是桥面铺装既需要追随钢箱梁进行协同变形，又要抵抗由于车轮荷载碾压产生的局部变形，两个互相矛盾需求却又缺一不可。而近二十年来中国钢桥面铺装面临的技术瓶颈，至今没有一个公认可行的铺装技术方案，虽然引入了来自日本、美国、英国等成熟的国外技术，可是国内诸多项目却出现水土不服现象，病害和缺陷相继暴露，失败多过成功。

挑战与考验表明：探索出兼具稳定的性能与高生产效率的铺装方案，是50万平方米钢桥面铺装工程的唯一出路。

"突破"的创新开始。2010年，港珠澳大桥管理局委托华南理工大学牵头开展钢桥面铺装方案预研究，经过两年系统综合的比选论证，课题组提出了两点指导性意见：一是MA（GA）+SMA方案相对较适合于港珠澳大桥钢桥面铺装，其次是热拌环氧沥青铺装方案；二是建议以香港地区已取得成功经验的英国MA类浇筑式铺装体系作为正式立项研究的主要技术方案。以此为基础，2012年初，港珠澳大桥设计单位DB01标委托华南理工大学，并联合香港安达臣公司、广东长大公司、同济大学等，共同开展研究工作。整体循着"以MA技术为主"的方向，他们克服了技术、设备、气候、资金、人力等诸多困难，先后平行开展了MA、GMA及GA三种技术方案的研究，通过数百组室内模拟实验，以及室外高温稳定性及低温疲劳试验，获得了上千组、上万个测试数据。最终完成了三种技术方案的综合比选工作。2013年12月，课题组向管理局及三地政府提交了高水准的专业报告及设计成果。基于此成果，设计单位DB01标最终提出了采用4cm厚SMA+3cm厚浇筑式沥青混凝土组合铺装结构体系的钢桥面铺装设计方案。其中，在国内首次提出的GMA浇筑式沥青新技术，集合了MA技术和GA技术的优点，既具有高温稳定性和低温疲劳性能，还大幅提高了功效。

四年探索创新路，为港珠澳大桥桥面铺装开启崭新里程。

新里程激励新作为。广东长大成立于20世纪50年代，是广东省最早创建的一支公路施工专业队伍，具备国家公路工程施工总承包特级资质并拥有对外经营权的特大型企业，获得"全国五一劳动奖状""中华之光名牌企业"称号。为迎接新挑战，广东长大精心准备，专门在中山市建立了世界一流的集料工厂，作为国内首家采用"四化"理念对建筑材料进行精深加工的工厂，中山集料厂彻底颠覆了集料加工行业模式，具有突破性的革新意义，为国内工程行业树立标杆，集料分级达到微米级（75um）。同时通过一次次设备创新，自主研发了一系列桥面铺装的专用设备，获得了十余项发明专利。交通运输部副部长刘小明在到CB07标考察工作，现场查看了"海豚塔"及桥面铺装施工情况，详细了解了港珠澳大桥钢桥面铺装工艺，同时听取了关于长大公司中山集料厂桥面铺装专用高等级材料生产情况的汇报后，他如此评价其现场施工组织、精细化施工以及中山集料厂集料加工创新：长大公司中山集料厂的生产工艺不止是长大的工艺，更体现了我国装备制造业乃至综合国力水平，将成为中国技术输出的"新名片"。

从集料到工艺，项目部整体创新追求，经理徐永钢率领团队开发出"防水黏结层+浇注式沥青铺装+SMA13（沥青玛蹄脂碎石混合料）"的全新铺装体系。该体系在满足钢箱梁桥面铺装复杂受力条件的同时，接近零空隙的浇注式沥青也可以更好地保护桥梁主体结构免受高湿、高盐的外海气候条件影响。通过不断攻坚克难、突破难关，创新了适合高标准要求的施工工艺。时任广东省委常委、常务副省长徐少华到CB07标检查工作，在钢桥面铺装施工现场，他亦盛赞钢桥面精细化的铺装工艺和高品质碎石精湛的加工工艺。

佳话连绵，渐入佳境。

2014年6月，重庆智翔开始进场准备，进行GMA（浇筑式沥青混凝土）沥青首制件研制，详细编制施工组织设计，确定了防水黏结层、GMA10和SMA13的技术控制重点，牵住了控制工程的"牛鼻子"，时间长达两年。

针对海上风速大、降雨频繁的特点，重庆智翔又开发出大型风雨棚，降低了防水黏结层施工中受风的影响，大大提高了施工质量，降低了成本，还可在阵雨时进行防水黏结层作业。他们还特别邀请陕西中大机械集团专门为路面铺装研制了Power DT2000摊铺机，其大功率摊铺、自由伸缩的特点可将沥青铺装效率较传统工艺提高三四倍，并更加有效保证了路面摊铺均匀度。有效解决了港珠澳大桥岛隧连接线摊铺物料离析、密实均匀度离析、温度离析等难题，提高了路面均匀度，压实后的路面洒水后平整如水、光洁如镜、均匀如织。

林鸣在接受媒体采访时，如此评价"中国创造"国产设备摊铺的港珠澳大桥沉管隧道路面质量："做得不错!真做得不错!真的做得不错!国产设备真行!"一向以严苛、严谨著称的林鸣，此刻毫不吝惜他的溢美之词。

这是港珠澳大桥建设者的豪情漫溢，这是大桥桥面铺装七年奋进的佳境之美。

神韵在"线"飞扬

一段连接线，从海底走向地面，从海中隧道走向城市地下隧道，如何行？怎么走？建设者巧妙的施工思路是：通过在海域人工岛明挖段、口岸暗挖段及陆域明挖段等不同结构形式和施工工法，按照"先分离并行，再上下重叠，最后又分离并行"的形式设置布局。这就是全长2741米的港珠澳大桥珠海连接线拱北隧道，它由海中隧道和城市地下隧道组成。而这其中，口岸暗挖段采用255米曲线管幕+冻结法施工，是世界首座采用该工法施工的双层公路隧道，其管幕长度和冻结规模均创造了业内新纪录。

上下同步，立体并行，明暗有致，这神韵，创出化境。

拱北隧道是珠海连接线项目的关键控制性工程。这神韵，由负责建设管理的广东省南粤交通投资建设有限公司下属港珠澳大桥珠海连接线管理中心构想，由具体承建的中铁十八局集团有限公司实现。

拱北隧道暗挖段建设条件复杂，地层软弱，富含地下水，顶部覆土厚度不足5米，开挖断面宽约19米，高约21米，开挖轮廓面积达336.8平方米，是同类型公路隧道的3倍多，需采用5台阶14步多导坑分部开挖作业，其工程施工技术难度大、安全风险高，是业内极具挑战性的公路工程建设项目之一。而管幕冻结工程是拱北隧道暗挖段的核心，也是基础。管幕由36根直径为1.62米的钢管组成，平均长255米。自2013年6月第一根试验管始发，至2015年5月最后一根顶管顺利接收，历时两年。

拱北口岸下方桩基与管线星罗棋布，给顶管的顶进带来了难题。管幕离澳门关闸大楼桩基最近距离为1.6米，离珠海免税商场回廊桩基仅有46厘米。为了回避隧道两侧密布的桩基，顶管被设计成了曲线，在建筑物地下桩基间穿梭就像在刀尖旁行走，加大了管幕施工的难度。顶管从隧道一端的工作井顶入，另一端穿出。出口事先预留好，顶管施工时必须将顶进误差控制在5厘米以内，否则就会出现顶得进去穿不出来的情况。此外，由36根顶管组成的环形管幕圈与单根顶管顶进相比，其技术难度不是简单的倍数关系，由于存在群管效应，单根顶管的顶进精度须严格控制才能确保管幕的形成。管幕工程的完成好比人身体的骨骼顺利塑造完成，而下一步冻结工程就是利用冷却盐水管道，通过循环低温盐水在骨骼上塑造血肉，最终形成完整的"人体"。

这"人体"，是"神韵"的具象，是人的创造，是建设者的精心建构。

拱北隧道暗挖段采用的超大断面水平环向一次冻结技术是工程建设的另一个重难点，相当于要以管幕为"骨架"，完成一个高23米，宽21米，厚2.6米，纵向长度255米的一个大"冰箱"。如此大的冻结体系如何形成？如何实现精准冻土厚度控制，确保不因冻胀影响口岸通行安全？工程完成后又如何解冻及降低冻土融化引起的地表下沉风险？这一系列问题是实现"神韵"的"点金术"。

点铁成金，需要巧匠。智慧，在克难中焕发。区别于传统冻结工法，工程师们在拱北隧道暗挖段时，将冻结管路布置在管幕顶管内，冷量通过顶管传递给土体，最终使顶管间土体降至负温，土体中的水结冰形成冻土，并将顶管包裹，利用管幕+冻土将隧道完全封闭，从而在开挖期间阻止顶管外侧地下水进入隧道，保证隧道施工安全。

点铁成金需要熔炼，水火却不相容。

针对长距离管幕冻结止水问题，建设者们又将管幕设置为"实顶管"和"空顶管"交替布置状态，从而确立了"冻起来、抗弱化、控冻胀"的理念，提出了在管幕钢管内部布置"圆形主力冻结管""异形加强冻结管"和"升温盐水限位管"三种特殊管路构成的国内外前所未有的冻结方案。

熔炼不断升温。为了实现冻结圈成环，工程师经过精心细致的验算，确定在暗挖段两边各设一个冻结站，其中一边设置冷冻机组17台，另一边设置冷冻机组8台，以确保冷量持续供给，对管幕圈不间断实施控制冻结，日均耗电量近10万度。配备足够的冷冻机组后，如何确定每一个点都能够达到设计要求的冻土厚度？局部未达到冻结厚度怎么处理？局部冻土厚度发展过快造成地表变形怎么办？针对这些问题，工程师们在暗挖段冻结圈周围共布设了10000多个温度监测元器件，并实时对监测数据进行反复的排查、处理。通过调整盐水流量、温度及限位管等措施对冻结参数不断进行调整。

众人拾柴火焰高。融合各方力量，汇聚集体智慧，拱北隧道暗挖段冻结工程自2016年1月中旬正式开机启动，至5月底，冻结圈厚度达到设计要求，并经过大量力学验算和论证分析，最终确定采用5台阶14步的开挖工法。"神韵"由此呼之欲出。

在狭小的空间内，14个导洞同时施工，每个导洞内还要分台阶、分工序组织流水作业，这牵一发而动全身的"立体"攻坚战经过建设者科学组织施工，合理调配资源，结合施工现场实际情况，通过试开挖不断优化施工机具设备组合，根据监控测量数据动态调整施工步距等参数，逐步磨合，最终实现流水作业。

而此刻，水助火势。项目部不断选型设备、调整施工组织，最后形成微台阶开挖工法，即利用小型挖掘机破碎锤开挖冻土，每个导洞分做三个微小台阶，每个小台阶配置一台小型挖掘机破碎锤，人工配合修边，极大提高开挖工效。

烈焰升腾，点铁成金。大势奔涌，"神韵"飞扬。

2017年4月10日，历时近五年的超大断面曲线管幕顶管施工、超长距离水平环向冻结完成后，经过近一年的艰苦努力，港珠澳大桥珠海连接线拱北隧道工程完成全部5台阶14步开挖作业，顺利实现隧道全线贯通。

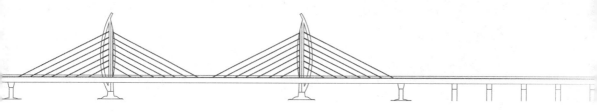

海天一色

伶仃踏浪，浪里飞歌

沉管浮运和安装是港珠澳大桥建设最关键、最核心的环节。

2013年5月6日上午，当港珠澳大桥海底隧道首节沉管E1安装成功，为实现精准对接持续奋战96个小时的"津安2""津安3"沉管安装船总船长刘建港这个魁梧的北方汉子不禁洒下热泪："终于成功了！"从牛头岛沉管预制基地浮运沉管开始，12.6千米长距离而徐缓的沉管拖航，复杂多变的伶仃洋海域洋流，繁复的系泊作业，精度苛刻的沉放对接，这不仅是对工程建设核心技术的考验，更是对建设者身心的考验。刘建港经受住了这样的考验，身为总船长更是成了船队的"主心骨"。

似乎命中注定，刘建港是父亲在投身青岛港建设时出生的，于是，就有了"建港"的名字。在海上施工踏浪、掌舵劈波二十多年后，2010年刘建港从胶州湾一路南下，到达伶仃洋担负这一重任。从承接父亲"建港"的血脉传承，到今天海上建桥的新使命，父子两代都与大海相伴，喜欢上了闯海踏浪。现在，他的工作是为海底沉管隧道33节沉管的浮运和安装"驾驭"一个安全坚强的平台。这是新的航程。这是踏浪伶仃洋的移动而又坚稳的平台。"津安2""津安3"是上海振华重工专为港珠澳大桥岛隧工程自主设计研制的。设计运用微寸动原理，在船上配置了8台大型绞车收放器，根据管节上安装的GPS系统反馈管节与基准数的偏差，以实现精准到厘米的安装。

尽管刘建港有十多年的浮吊船工作经验，但与此相比，真是"小巫见大巫"了。虽然都是吊装，但以往操作吊装物体都是直接可见的，而如今沉管的吊装是在海底不可见的环境下进行。对沉管姿态的精确判断需要综合GPS系统反馈数据和海底测量系统得到的流速、流向振动频率等数据。这些系统的配合工作和技术运用，无前人经验。现在不仅是踏浪，还是"深海之吻"。风险、困难和挑战相伴。"因为是第一次接触这种船，沉管体积太大，我动这个锚机，有时都没有反应。开始在牛头岛深坞演练时，操作起来都很困难。"

刘建港开始苦学，他学起了声呐测控知识，熟悉精密仪器，仔细咨询专业技术人员，开始从知识结构上突破自己，在沉管预制生产基地的深坞苦练。还有更重要的是，两艘船工作讲究配合，他这个总船长的统一协调，在每个步骤、关键时刻，是灵魂人物。苦心准备后，出海演练时，他又发现，现场情况和坞内情况大有区别，海上有海流和风速影响。他扑下身子，深钻苦想，经4次海上演练后，迎来首节沉管浮运、安装。沉放开始，是在海中以每分钟0.3米的速度缓缓下降，下降到距离基床两米时，速度减到每分钟0.05米。这是凝神屏息的每一秒，是度"分"如年的煎熬。而这前后过程是96个小时。如今这第一次，如愿以偿，踏浪如歌，一"吻"定终身，他怎能不一掬男儿热泪？

"津安2""津安3"两船共28位船员，船上12根缆绳交错复杂，控制点多，操作困难。每个操作手必须了解每一根缆绳的受力并记录船位的变化情况，比较每一个监测数据，把所有的操作流程融入到每次的手杆操作中，去掌握沉管沉放和姿态控制的技术。"两船四机联动，同步下放，各小组监测数据变化。"这烂熟于心的指令，刘建港每说一次，就屏息提心一回，最后着床那一放，他心都快提到嗓子眼了。

两艘船上有三个船长：总船长刘建港和"津安2"船长闫志辉、"津安3"船长王汉永。

在"三战伶仃洋"第二次沉管回拖的艰难时刻，林鸣曾郑重拿来三只苹果给他们每人一只说道："使命在肩，你们掌好舵，一定要平平安安。"

牢记嘱托，三位船长勇立船舱，始终坚守一线，稳定人心，带领船队员工奋力踏浪前行。两回三出，他们带领大家圆满完成了任务。刘建港还是安装船党小组组长，他深知，只有思想上掌好舵才能行动上不偏离航向。他发挥船上党员骨干先锋模范作用，始终把好舵，带好队，踏好浪。从第一次沉管出坞到安装成功，他连续五天四夜没睡过一个囫囵觉，身上的衣服连续七天没换过，终于化解风险，满载胜利喜悦踏浪而归。

三位船长性格比较相似，平日里都不太爱说笑，工作起来都是不知疲倦的"拼命三郎"，成为奇妙组合，船队成为了"兄弟船"，船上所有人都有着兄弟般的感情。细心是大家对闫志辉的第一印象，他追求"想细点，做多点，把活干好点"。安装船进坞时，甲板上闫志辉的身影无处不在。他左看看，右瞧瞧，凭着在造船厂熟悉的情况，对全船胸有成竹。他们三人茶余饭后，也经常因为突然想到的工作问题"大动干戈"，往往在思想上的交锋过后，会给他们带来更多动力去工作，更心往一处想凝聚团队。

从2013年5月2日首节E1沉管开始浮运、沉放到2017年5月2日最终接头完美安装，刘建港带领船队四年相伴同船渡，伶仃踏浪浪里飞歌。

"深海绣花"，花团簇锦

"回淤"是沉管隧道沉管沉放遇到的世界级难题。回淤是挖槽和海上漂浮物形成的泥沙沉积。所有回淤原因查找、清淤由潜水员完成。

33节沉管沉放安装，清淤是先行工作，更是抢险、抢时间、考验智慧。每当看到全身严封密实的潜水员打捞上来满满一箱淤泥，现场的人都会心生感动：这是他们突破身体极限，以生命在连续抢险。

潜水员的身体好似"无极限"，他们身如蛟龙舞深海，更以一身智慧一身胆在深海"秀"出生命之花。这"蛟龙"深海"绣花"，有着怎样的"绣花"功夫？

沉管下沉过程中，要控制负浮力在800吨到1000吨之间，每分钟下沉的速度控制在0.2～0.3米，每下沉10～30米，要停下来监测调整，沉管姿态控制的震动幅度横向不能超过3厘米，纵向不能超过5厘米，一切正常再次下沉。两根长各自180米重达8万吨的沉管海底初步对接后缝隙只有几毫米，由潜水员把相关装备再次调整，接头部分橡胶紧紧贴合，两根沉管实现严丝合缝滴水不漏的对接。而在沉管安装过程中，还要密切监测隧道基床的泥沙回淤量不能超过4厘米。

这是"蛟龙"深海"绣花"的基本功夫。

2012年9月21日，中交烟台打捞局中标岛隧工程沉管浮运安装潜水项目。在代表潜水员立下"想万全之策，尽万分努力，确保万无一失"的"三万"军令状后，潜水工程队队长刑思浩带领首批七名潜水员到达施工现场，熟悉水域，进行准备。

"海水十米以下基本是伸手不见五指，何况四十多米的水深，只有头顶的灯能照亮一米见方，只能听到自己的呼吸声和海水的涌动声。"有着八年潜水工龄的姜骥这样说起深潜的感受，说得怦然心跳还不忘打趣："当然，'绣花针'掉下的声音，肯定也能听得见。"

　　潜水作业的潜水工作母船，在宽广的伶仃洋航道上，似飘零一叶。潜水员们平时就在这里工作生活，八个人挤一间集装箱，空间逼仄，冬冷夏热。一日三餐都是派人乘锚艇来回颠簸一个小时去人工岛打饭，等吃上饭时，饭菜往往已凉透。潜水队员们已经习惯，他们深潜于海，潜心作业，磨炼"绣花"的功夫。沉管清洁、淤泥清理、水下切割、基床探摸，安装导向托架，潜水录像、沉管对接复核，任务一项接一项，每名潜水员每月平均只能休息三天。根据潜水记录，潜水员们每天累计下潜约二十个小时。"水下工作当然辛苦，但每次对接完成听到岸上传来欢呼，我就觉得值了，好像真的看到生命之花在盛开。"潜水分队长修敬志说。

　　"不能用金属铲具，不能用坚硬器具，坚决不能破坏表面保护层。"这是岛隧项目部聘请的国外专家对清理沉管端钢壳和止水带上海洋生物的要求。于是，在海底"绣花"的这些铁汉子粗中有细，细里创新。他们自己动手制作各种工具、器械，清扫后沉管干净如新。外国专家在下水查看清理效果后，不由赞叹地竖起了大拇指。

　　这是一次"绣花"的过程。

　　张朋，一个沂蒙小伙，一条"深海绣花"蛟龙。他1987年出生，2009年7月从广州潜水学校毕业后成了烟台打捞局一名专业潜水员。他用心钻研每一项潜水技术，用两年时间考取了"生命支持员""混合气潜水员""混合气潜水监督"等一系列资质证书。重达6000多吨的港珠澳大桥岛遂工程最终接头定于2017年5月2日吊装。张朋与队友们必须在吊装前，将接头东西两侧的早已安放好的沉管对接口上的海生物、淤泥清理干净，并提前将导向液压千斤顶安装完毕。

这是考验与挑战，这是见"绣花"真功夫的时刻。

经过四天接力式的潜水作业，海生物与淤泥已被清理干净，张朋此次下水负责安装单个重达两百多斤的四个导向千斤顶。海面上平静如水，海底却暗流涌动。两百多斤的圆柱形千斤顶被吊机高高吊起，缓慢的放入海中。刚一入海，巨大的暗流便将千斤顶像纸板一样吹向了一侧。张朋只得一只手拽住钩头，一只手抓住导引绳，用力打动脚蹼，奋力将千斤顶带到预定地点。可是还有几针的距离，他要丝丝入扣"穿针"。"再放一点，向南移动10厘米。"张朋通过水下电话指挥水上的吊机，大声呼喊。一针针移动，一丝丝穿引。终于，第一个千斤顶达到了预定位置，他绣出的首个"花骨朵"挂上"枝头"。

屏息喘喘气，张朋双手较着劲，仿佛手持绣花针起，一两拨千斤，搬动着千斤顶一点点放入卡槽，然后用手细心地在卡槽四周摸索一遍，恰似手抚"绣布"，以敏锐的手感确认无误后，开始第2个千斤顶的安装工作，开始"绣"又一朵"花"。

1个小时过去，2个小时过去，前3个顺利安装完成，第4个却出了问题。

无论张朋怎么调整角度，千斤顶就是没有办法放入卡槽中。

这一"针"就是引而难发。

支持人员仔细分析后，认为卡槽可能发生了变形，只能将千斤顶吊出水面后进行打磨，再进行安装。原来，是"针"不争气。

张鹏心中却如"针"扎。眼看着潜水作业时间就要到了，怎么办？

支持人员力劝张朋出水，准备再换一名潜水员下水。"再换人对水下环境不熟悉，安装起来更费事，我再坚持一下。"张朋在海底坚定地回答。"针眼"清楚，就坚持这一"针"功夫，好"针锋相对"地解决问题，"绣"出这一针。张朋在心里坚定地想。

打磨后的第4个千斤顶再次入水。张朋"针针"细密，十多分钟"针锋相对"，手起"针"落，终于顺利将第4个千斤顶准确安装到位，完成这一次"深海绣花"。

两个半小时的海底高强度作业，精心"绣花"的张朋已几近虚脱。他被同伴拖拽着拉上了甲板，潜水衣被迅速扒下，几个壮小伙抬着张朋跑进了减压舱。张朋想强行睁开双眼，眼前却如火冒金星。

"金星""花舞"，是"心血"浇灌。

历时五年，张朋和二十多名潜水队友完成了二十一万平方米的海底探摸、测量、清淤，近六千米沉管的安装、调试、水下监控等工作，没有一次失误。他们穿针走线，"花"开深海。他受到岛隧总经理部大力表彰，和队友们一起荣获"潜水巨擘、钢铁之师，素质过硬、作风优良"荣誉锦旗。锦旗在手，张朋如执鲜花。这"花"与远处伶仃洋上大桥身姿一起，在他眼前花团锦簇，灿烂盛开。

"腹有大桥气自华"，华章神韵

天有不测风云，海有惊涛骇浪。

沉管浮运和安装施工对所在海域的天气、海浪、海流有着苛刻要求：海浪增高0.1米或者水流流速每秒增加0.1厘米至0.3厘米，都是关乎成功的临界点。全长55千米的大桥工程、造价达1亿元一节的沉管，怎样绕过这0.1米、0.1～0.3厘米的"陷阱"？

岛隧工程项目施工海域伶仃洋是珠江进入南海的一段喇叭状海口，海况复杂，这里台风是不速之客，复杂的海洋环境给海洋预报保障工作提出了极高的要求。怎么才能预报出天气、海浪、海流、潮汐几个满足施工条件因素叠加的作业窗口期？谁能接受这一挑战？

超级工程，面临又一"技术极限"挑战，期待精准的海洋环境预报做保障。

一个团队来了，他们响亮的名字叫国家海洋环境预报中心，他们组成了"港珠澳大桥岛隧工程预报保障团队"，承担对接窗口保障系统的研制任务。

2011年，国家海洋环境预报中心与港珠澳大桥岛隧工程项目总经理部签订合作协议。随即，预报中心成立了由经验丰富的预报科研人员组成的预报保障团队，中心领导挂帅，总工程师全程现场指挥，2012年预报小组进入施工现场，同时在北京设立一个研究组，开展海洋环境日常业务预报。

"承担这么大工程的预报保障我们也是第一次，而且预报保障的难度及复杂性大大超出我们的想象。"预报中心总工程师王彰贵感怀。

人是沧海一粟，几百平方千米的伶仃洋海域也只是沧海一隅，而6.7千米长的海底沉管隧道施工现场到牛头岛十余千米的沉管拖运范围，成为预报难度谱系的高端。

迎难而上，战斗在此打响。但开始并不顺利。

2013年5月2日，港珠澳大桥岛隧工程计划沉放海底隧道第一个沉管。海浪预报数据显示：浪高0.9米，超过施工限值0.1米。沉管出坞浮运安装决策此刻无法不迟疑。林鸣将世界海底隧道沉管沉放水流及浪高的指标为参考值，又考虑到海浪预报有0.2米误差的允许值，最终下决心按原计划沉放，首战成功。

这是一些惯例和常规：对海洋预报而言，预报准确率达到90%已属不易；目前世界范围内，24小时台风预报误差平均约为百公里范围内。而岛隧工程要求的是"单点预报"。

"我们的预报必须适应新要求，攀向新高度。"身立现场、展望大桥，王彰贵心中意志坚定：把不确定的要素预报转变成确定的工程保障，在观念和技术上寻求突破和创新。"

"超越0.1米预报误差值"攻坚战打响。

创新思路、技术攻关步骤形成：建立无缝隙预报技术及预报推演技术，用提前两小时到两周不间断预报的方法，同时根据前一天的观测数据并结合数值预报，分析未来一天的变化。从点到线，从线到面，从局部到整体，技术攻关最终解决了施工窗口临界误差的问题，创造了33节沉管和最终接头施工安装的预报保障零失误的奇迹。

"零失误"奇迹的背后，是预报保障团队的辛苦付出与不懈努力。从管延安的"零误差"到预报保障的"零失误"，出神入化绵延。

战场置于海上，预报获取数据、有关推演都需海上跟船作业。安装船上空间小、人员多，很难给预报服务保障的这些"预言家"们提供睡觉和休息的保障。大家累了只能在椅子上坐着休息，或者趴在办公桌上歇会儿。一天下来，身强体壮的年轻人也受不了。

但每次上船，五十多岁的王彰贵总是冲在最艰苦、最困难、压力最大的地方。随着沉管安装的持续进行，项目工程对海洋环境预报的保障期望也与日俱增，预报数据成为沉管安装的决策依据，每次沉管安装，项目部都等待王彰贵给出"施工窗口"。这"窗口"投射建设者盼望的眼神。

从2014年起，每次沉管出海沉放，王彰贵都会坚守在施工一线。林鸣多次对王彰贵说："你在船上，我就踏实。"

2014年3月，E10管节沉放后，工程师们发现：深水基槽内海流的异常带来巨大的冲力，这意味着沉管的安装操控更难掌控。施工方必须要找到巨大冲力来自哪里。在国家海洋环境预报中心，项目部得到了答案。预报中心原主任王辉在和项目部交流后指出：基槽海底地形改变对小尺度局部海流可能会产生影响，需加强监测预报。

这加强其实是给自己加压。攻坚就有先锋。预报保障团队迅速调整人力物力又一次展开技术攻关。潘丰、尹朝晖、唐晨海、张炜、梅山等保障系统研制的骨干，白天设计方案，晚上调试仪器、编写软件，第二天继续测试改进。经过日夜奋战，预报保障团队不到一个月时间就建成了包括实时观测和预报的沉管对接保障系统，有效保障了深水基槽沉管的顺利安装。这次攻坚，国家海洋局第二海洋研究所许东峰团队加盟支持，精细化预报水平很快提高，预报间隔从原来两小时缩短到五分钟。这个被称之为"小窗口"的预报系统犹如一双"海中的眼睛"，成功地避开了大流速发生时段作业。

凭窗远眺，海阔天空；眼神聚会，海水可以斗量。

保障服务团队，由此内外合力，彼此加持，攻坚步步迈过雄关险隘。"在安装E11管时我们第一次尝试这个系统，到了安装E12管的时候，系统逐步完善。这七年奋战，我们的团队，这个系统都已逐渐成熟。"王彰贵自信地表示，"这个系统是中国创新，完全可以自信地走向世界，为世界提供新标准。"

当沉管隧道重达6000吨的最终接头犹如海底"穿针"施工时，杨幸星领衔的保障组历经一年研发出的最终接头安装三维仿真数值模型如期而至，保障了最终接头成功安装。

年过八旬的中国科学院院士、国家海洋环境预报中心名誉主任巢纪平是王彰贵的博士生导师，听到学生的工作成绩，深为高兴地说："心系大桥，抓住了宝贵契机。勇于创新，成就要倍加珍惜"。

海天一色，万千气象在心。"腹有大桥气自华"，华章神韵。

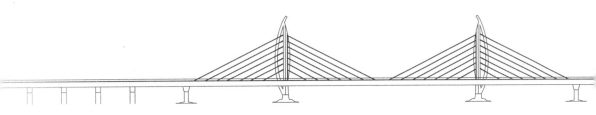

化作宏图

地标性建筑：谱画超越蓝图

　　港珠澳大桥管理局工程总监张劲文2004年4月走进大桥前期办时，任工程技术组组长。从此，"技术"成为他相伴大桥十五年期间每天口中的念念之词。当大桥宏图绘就、珠联璧合呈现于世人眼前，他的"技术"一词，已随十五年时光内涵丰富，浸润人生岁月而根深叶茂。

　　接受笔者采访时，在投身大桥建设中学以致用的张劲文已摘取博士桂冠，他开口第一句话便是哲学理念：工程是人类创造和构建人工实在物的一种有组织的社会实践活动。工程的想象必须是有现实根据的，最后也必须要能够在现实中实现。港珠澳大桥主体工程项目管理策划和实操，遵循工程哲学"从认识论、到方法论、到实践论"的螺旋式上升路径，进而完成方法和实践的超越。

　　在长达六年的前期技术攻坚战中，张劲文和组员们有过迷茫，产生过质疑，但更让他矢志不移的是坚忍与梦想，是砥砺前行。港珠澳大桥工程技术可行性研究，是前期技术与管理工作的重点之一，是大桥建设管理的整体规划内容，形象说这是"谱画大桥管理蓝图"。

"工可研究"必须得到国务院批复，工程才可立项。张劲文殚思竭虑的是，建成怎样的港珠澳大桥？时任香港特首曾荫权在致国务院的信中，这样提到："希望将港珠澳大桥建设成三地最优的跨海通道。"

"青马大桥已被业内公认为世界一流大桥，换言之，港珠澳大桥需要建成世界一流甚至是顶级的桥。"张劲文胸有成竹地说。

目标明确，张劲文心中愿景清晰形成：为"一国两制三地"的伶仃洋海域建设一座融合经济、文化、心理之桥梁，在粤港澳在这一世界级区域中心，建设世界级跨海通道、为用户提供优质服务、成为地标性建筑。

愿景激励行动。《港珠澳大桥主体工程建设项目管理规划大纲》及《港珠澳大桥主体工程项目管理制度》在历经多年思虑、几易其稿后最终成型。2009年10月28日，港珠澳大桥工程可行性研究报告正式获批，六年前期工作结束。

随着愿景铺开，张劲文从技术组长到管理局计划合同部部长、局长助理而至工程总监。他的思路想法缜密实施：提前预见问题、妥善规划，推动落实。

"能否在工厂中像生产汽车零件一样生产钢箱梁?"在一次钢箱梁制造工艺讨论会上,张劲文提出了这个大胆且经深思熟虑的想法。

"不可能吧。"有人立即回答,有人陷入沉思。这怎么可能呢?主体工程桥梁工程的用钢量为42.5万吨,是全球范围内首次如此大规模地使用钢箱梁,流水线生产,一个环节出了问题,全盘皆输,谁敢担责?怎么拼装组合?

"为什么不可能?"张劲文接连发问。担当的激情涌起,技术的思考在胸。他把想法和盘托出。这是具有行业革新性意义的探索与迎战。会场安静,人们开始新的思考。当天下午,张劲文将这一提议向朱永灵汇报。

"好!就这样干!"听到这干脆有力回答,张劲文心中信心倍增。

在港珠澳大桥管理局和各方推动下,生产企业经过艰苦的自动化设备开发及产品调试,于河北秦皇岛建立起了全球第一条钢箱梁板单元自动化生产线,随后又在武汉建成第二条板单元自动化生产线。优良的产品质量,高效的生产进度,达到国际领先水平,推动了钢箱梁制造行业的深刻变革与不断创新。

这是关于港珠澳大桥岛隧工程采用设计施工总承包模式的又一次全局技术研讨会。在朱永灵和他多次深谈,并提出这一初步想法后,张劲文展开了全面调研、深入论证。会上,他提出:"这一模式既可以整合全球范围内最优资源,推进'设计施工联动，施工驱动设计'互为促进、及时补短，从而实现工程在质量、进度、技术创新、资源整合与统筹，简化管理环节，减少管理界面的集合目标。"

他的深入思考基于这一现实：长达6.7千米的"隧道工程"，对于中国大部分工程师而言，是一个未知领域，风险挑战并存。而这一总承包模式为化解风险创造条件，为发挥集体智慧搭建平台。

全新模式展示全新影响，获得了粤港澳三地政府高度认同。

设计施工总承包模式的付诸实施，建设者们的创新奋战，岛隧工程宏图化为现实，推动我国沉管隧道建造水平一跃成为国际一流水平。

港珠澳大桥这个超级工程的主要构件搬进了工厂，搬上了流水线生产，"四化"生产理念与施工工艺在大桥建设各个项目创新迭出，拥有自主知识产权的发明、专利不断，引领着当今世界桥梁建设领域工业化的前沿水平。

"成为地标性建筑"的愿景和目标融入张劲文身心。物质变精神，精神变物质。掌握马克思主义哲学的能动原理，伴随改革开放和参与一个个大桥建设工程，张劲文思想深处的对技术与管理的思考火花闪现。他认为技术是管理的深层次问题，技术创新与管理创新必须一同推进，有机结合。每个重要项目技术、每个工程质量，他思考深入，严格把关。如何保证桥面铺装质量，他提出一是除锈二是防水的关键要点，及时提出机械化作业的整体思路。在岛隧沉管最后12米接头合龙时，他坚定要赶在台风季到来之前完成的工期要求："拼死也要做到"。坚守、坚持、坚定，他和建设者们坚强地做到了。

"地标性建筑不只是物象，更是精神，是珠联璧合。"张劲文由此说到大桥的美："它不单是地理跨度、行业地位、时间跨度上的，更重要的是心理维度和精神世界，一样要能成为恒久地标。"张劲文作着这样的深入思考："'一国两制'构想是国家大局、民族复兴愿景，意义深远。作为首个三地共建的重大先导性项目，地标的意义包含了所有建设者内心深处的渴望，也应该聚合各种要素体现并为实现这一伟大构想作出贡献。"

说到这里，张劲文神采飞扬，心潮澎湃："中华民族复兴大势不可阻挡，港珠澳大桥建设适逢千载难得机遇。我们这一代建设者有条件、有能力趁势而为，建造世界一流水平的交通工程，弘扬时代精神，诠释中国智慧。"

凝聚时代精神，诠释中国智慧，迸发创造伟力。港珠澳大桥地标性建筑，谱画出世界超级工程的中国建设者宏伟蓝图。

管严于理：锲而不舍只为桥

在港珠澳大桥管理局召开的一次质量顾问会上，时任管理局工程管理部岛隧组现场主管的吴泽生与大家分享自己的感受：抛开等级观念，用合同的观念去管理去坚持。

采访中，吴泽生对此的回忆颇有点"吾爱吾师，吾更爱真理"的执着与坚守。他说起一个往事："那也是一次会上，商讨沉管管节混凝土保护层垫块的事，会中双方为'沉管管节预制混凝土保护层垫块是否在现场做'产生了分歧。施工单位提出要在其他地方预制时，我和在场的同事都坚决反对。为防止失误，'现场做'才更及时、准确解决问题。所以我就拍板否决了。"

从2010年入职大桥管理局后就驻牛头岛担任现场管理，如今已是管理局工程部主管的吴泽生说起现场感受，他直言没有少和施工方有过矛盾、争执甚至弓张弩拔的时候。"从第1节沉管（E1）沉放直到完成第15节沉管沉放后，通过彼此磨合，互相适应，我们走向了'珠联璧合'。"吴泽生深切感言。

分歧与矛盾是事物的必然存在；磨合与适应是人走向更高境界的必然过程，更是一个团队一个社会实现和谐发展难以回避的历史过程。这是文明与进步，这是事物发展的内在规律。心中只有桥，一切为了桥，建设与管理便形成合力，港珠澳大桥才谱写珠联璧合的美好篇章。

在管理局，大家给吴泽生一个形象雅称："桥痴"。小时候，爱玩泥巴、玩积木的他，就迷恋和小伙伴玩"搭桥"，读书后他常利用假期去叔叔和舅舅的建桥工地，要一顶安全帽，跟着他们转悠，还会时不时问一大堆为什么。2001年大学土木工程专业毕业后，他开始投身建桥工程，在家乡安徽安庆长江公路特大桥担任监理组组长开始，此后大桥建设的监理、项目主管，给了他广泛的锻炼与考验。2010年入职港珠澳大桥管理局，再从普通员工做起，但心中的坚守与追求一刻没有放弃。"这给了我人生宝贵的机遇，也给了我最好的学习和考验机会。为这样高标准的超级大桥做现场管理，我心中也只有把管理做到位、做在理的坚守，其他都不重要了。"

同样做现场管理，曾担任管理部岛隧组沉管预制工程主管的朱定，也是2010年入职大桥管理局的，与吴泽生一试成功不同的是，朱定是三次"毛遂自荐"才如愿以偿。面试主管有意考验他的发问："这里的工作是一个萝卜一个坑，要非一般的磨合与坚守，你行吗？"朱定想那就看行动吧。一而再再而三地递简历后，他坚守成功。"我大学毕业后二十多岁做过大桥项目经理，压力大偷偷哭过鼻子。但从没有想过放弃。现在这梦寐以求的机会来了，怎么会放弃？"朱定笑哈哈地说道。

在牛头岛做现场管理三年后，朱定带着大家赠予的"岛主"雅号转场来到大桥施工现场，做桥面铺装现场管理。五年坚守下来，朱定对"软硬兼施"的桥面铺装技术有了真切体会，从而对他的管理工作以"刚柔相济"凝成"大桥命运共同体"另有心得。

"桥面铺装有钢箱梁、组合梁。沥青层铺在钢上，本身要有'硬'功夫，能扛起荷载。但钢箱梁会随温度、荷载、风载在微观上呈现三维度的变化，加之还有车辆驶过，始终处在一种动态。铺装桥面的沥青材料就得有'柔术'，有追随钢板的应变能力。"朱定这形象的介绍表明，铺装材料成为管理的第一关口。

这高标准的材料，是过去国内没有做过的，而进口的成本又太高，最后选定的方案是项目承包方自己建立"集料"加工厂加工生产。朱定介绍：这些材料几乎都要在各自的临界点上集成，才有最好效果。如对石头的要求，既要有足够的硬度，在打磨成粉末后，又要像面粉一样细腻柔软。从方案确定、全国各地找石头到加工集料生产，朱定日夜奔走，坚守现场守住原材料所需要的每个指标。"有时也会碰到说情，但我没有通融过。心里想，得像石头一样坚硬。"

但他心中不是没有"柔"："大家都是首次做这个事，事前的培训、准备工作特别多。尤其培训，从管理、技术到施工，有三个层级，天天培训不断，各个层面都要落实，没有一点韧劲很难坚持下来。"朱定又是一笑，坦诚地说。在管理局的支持下，朱定很快制定了桥面铺装管理制度。他简练地概括为"四保"：准入保材料、考核保人员、设备保工艺、工艺保质量。

把住每道关口，坚守不移，桥面铺装质量终于完美实现，获得多项国内首创，成为大桥又一备受称赞的世界样板工程。如今朱定已担任工程管理部副部长，高级工程师、一级建造师的头衔也一一收获。

说起收获，从管理局工程管理部岛隧主管如今一样做到工程管理部副部长的杨卫国说："最大的收获是人生因桥而无悔。"

杨卫国也是2010年入职大桥管理局的，1995年大学毕业后开始建桥，从技术员、主任工程师到项目总工，虽有十五年经历，但这却是一次全新开始。岛隧工地有"三高"：高盐、高湿、高腐蚀性。这对工程质量、对建设者的身体都是挑战。杨卫国严格实行"HSE三位一体"管理体系。东人工岛建设时，杨卫国的办公室在岛上，人也住岛上。但工人开始住的是集装箱，上下铺。如何让岛上工人有一个相对好的生活环境？他各方协调，装空调、覆盖网络信号，把人文关怀融入管理。

岛隧工程按"四化"理念施工，把海上做的事移到陆地、把空中做的事放到平地、把野外做的事置于车间，每一个都充满风险，对每个人都是考验。人工岛成岛技术有过一次方案设计的颠覆性改变，这就是从最初设计的钢板桩围堰止水工艺到大圆筒8锤联动振沉快速成岛。这也是杨卫国以前没有经历过的，这管理怎么落实？质量安全怎么保障？他一边刻苦钻研，一边把"查漏补缺"当作现场管理落实的重点，坚守"监督、落实、协调、服务"8个字。成岛新工艺也带来了沉管隧道基础工程的改变，沉管安放基槽由钢管桩改为了挤密砂桩筑基。这方面杨卫国有过接触，他就把管理重点放在环境保护和安全质量上，从"查漏补缺"实现HSE三位一体管理。

带领着一个团队，杨卫国便以现场当课堂，把管理局提出的"造物先造人"一同推进。在现场，他亲身感受，林鸣是一位令人敬重的工程师，也是一位人生好老师。他给新手上的第一课不是专业技术，而是"做事先做人"。他层层加压，把做人和技术有机结合起来。

"学榜样加点压，把要求变成忘不掉的习惯。级级相传，人人坚守，这就成了标准，为今后国家建设培养了人才，这才是管的'理所必然'。"杨卫国满怀深情展望未来。

管住于理，锲而不舍只为桥。理所必然，超级大桥化宏图。

"伙伴关系"：奏响生命永恒交响曲

这是考验，也是检验。2017年8月，超强台风"天鸽""帕卡"在一个星期内接连袭来，肆虐伶仃洋，狂扑建设中的港珠澳大桥。

"双台风"过后，港珠澳大桥管理局局长助理高星林四处察看大桥，发现除部分临建和设备设施受损外，大桥主体工程巍然屹立，施工船舶和塔吊稳立原地，人工岛玻璃幕墙完好无损，海底隧道更是一滴水没有渗入。看遍大桥，高星林觉得管理和建设一样，呈现出坚强生命力。

在拥有七年工程一线工作经验和三年交通行业管理经验后，2008年高星林从广东省交通厅入职港珠澳大桥前期办。从一个普通员工成为主管，到计划合同部副部长、部长、如今的局长助理，他担负的工作从项目管理策划、主体工程招投标管理到计划进度管理、造价管理、合同管理及法律事务管理、大桥人工智能研发应用中心筹备组组长，他乐此不疲，奋战不止。

"投身这一'超级工程'，是新机遇，新挑战，也是人的新成长。"回想十年历程，高星林如此感慨。挑起计划合同部管理职责时，朱永灵问他如何做好这一工作。他脱口而出：牢记大桥120年设计使用寿命，不断完善合同机制。

岛隧工程是大桥主体工程的控制性工程，合同金额估算也是交通行业有史以来最大标段招标。为此，高星林和招标团队开始了密集调研论证。他们系统收集国内六个省试点设计施工总承包模式的工程案例及实施效果，又通过咨询联合体找到欧洲、美国的设计施工总承包工程案例，深入比较分析，研究这些案例的优缺点，形成基本思路。

在纵向基础上，他打开眼界，将目光投向其他行业，在横向调研中借鉴高铁行业的大标段招标经验，开始把目光锁定国资委管理的超大型央企。随即，他们向企业发出问卷，收集反馈意见，历经函调、筛选、推介（培育）、确定机制的艰辛过程，招标团队创新地采用向重点对象推介项目以增强其使命感、参与感，并通过投标补偿方式培育竞争性的市场热情。

不断求实求新，他们开始构建设计团队和施工团队的组建方式，确立设计和施工的运行协调机制，形成"设计施工联动、施工驱动设计"的理念目标。不久，团队制定的《港珠澳大桥主体工程项目管理制度》出台。从核心载体、核心要素、保障措施三大层级、十一个部分进行系统策划，体现出项目法人对项目的系统管理思维，成为建设项目管理的核心文件。创新完善的合同机制，为最终招标选择奠定坚实基础，这一招标模式获得成功。中交股份联合体脱颖而出，一举中标，创造性地完成了这一举世瞩目的超级工程。

管理机制活力奔放。高星林又创新地组织起计划合同部"培训沙龙"。晚上或节假日，他们坚持在沙龙密切交流，打开思维眼界，碰出思想火花，为管理局提出的建立崭新"伙伴关系"原则探讨具体实施方案，建立实施机制。

在一次沙龙主题发言中，高星林以《世纪工程与伙伴关系：与承包人相处之道》的思考与心得，理论结合实践，深化大家的理念认识："伙伴关系是一种萌生于项目管理过程中的互动沟通关系。所有参建单位共同追求同一个建设目标，共同享受一种职业荣耀和满足，因而形成了一个工程共同体，形成了一种共同的项目感情，这是伙伴关系得以产生的前提。"

回顾这次难忘的沙龙活动，高星林意犹未尽："从人性来说，共同的感情使共同体各成员之间相互产生一种义务感。这是一种可以互相信任、互相理解、互相尊重的感情，这种恪守合同和契约精神又愿意为共同目标付出的感情，就是伙伴关系得以实施的人性基础。同舟共济，也是'伙伴关系'具有生命力的源泉。"

随着建设接近尾声，高星林和团队按管理局要求，又及时提出了"基本体系不变，逐步叠加职能、适时动态调整"的建设转营运工作思路。

"现在，港珠澳大桥营运规划及深化方案，已获粤港澳三地政府批准。"高星林具体介绍，"根据该方案，管理局将按'自

行营运模式'统筹开展收费监控等营运筹备工作；养护模式初步
确定为'混合制养护模式'，即'核心业务自行养护，日常简单
业务外委'。"

对大桥的运营维护管理，他们优势接续，把招标、监理掌握
的全项目、全过程数据齐全入库，以人工智能驱动，融合企业文
化，聚合三地经验，形成全方位、面向世界的运营维护体系，为
港珠澳大桥全寿命周期项目管理体系打下了坚实基础。

"我们追求运营维护有质感，有温度。"高星林深情地说，
"大桥在任何时候、任何环节出现任何情况，都可一查到位，一
追到底，又有针对、有措施地及时解决问题，同时在世界范围内
参照，运用最佳方式。"仿佛大桥命运在握，生命情深，高星林
和他的团队呵护有加。

说到大桥全寿命周期管理，管理局安全环保部副部长戴希
红介绍一个有意思的细节：伶仃洋珠江口是国家级中华白海豚保
护基地。如此巨大、长时间的建设，会不会污染环境，打乱白海
豚的生活习性，减少其数量？如何与这些宝贝疙瘩结为"伙伴关
系"，保护这些"伙伴生灵"？

从熟悉认知"小伙伴们"开始，管理局专门组织开展了海
洋生物观测。前期，风测了五年，波浪测了两年多，开工以后还
继续观察了一段时间。不久，管理局又专门委托中国水产科学研
究院南海水产研究所开展大桥工程对中华白海豚影响专题研究
工作。

215

"研究人员300多次出海跟踪，拍了30万张照片，对当时保护区内将近1200头白海豚都进行了标识。把白海豚的习性全摸清后，工程技术团队制定了严格的保护规程。"戴希红兴奋地说，"九年施工，白海豚的数量不但没有减少，如今还有增加。"

增添新生命，共为新"伙伴"，开创新里程。人与自然和谐相处，人的成长与新的生命一齐绽放。

大海扬波作和声，这是港珠澳大桥建设与管理奏响的生命永恒交响曲。

第六章

人心所向

　　人心所向，亦人心所归，意为大众所向往的，所拥护的，语出《晋书·熊远传》："人心所归，惟道与义。"归，归向，向往。这一汉语成语深刻揭示一条历史真理，表达人类文明行进的客观规律：道行天下，义无反顾，自在人心。

　　天人造化，法则亦然。

　　珠江奔涌，汇入伶仃洋，波共南海涛。

　　珠江，我国七大江河之一，水资源总量仅次于长江，它由西江、东江、北江组成，在中国南方浇灌出辽阔的珠江流域，在广东南部以八个入海口汇入伶仃洋，培育出宽广富饶的珠江三角洲平原。

　　珠江流域主流为西江，发源于云南省曲靖市乌蒙山余脉马雄山东麓，自西向东流经云南、贵州、广西和广东四省（自治区），至广东省佛山市三水区与北江汇合流入珠江三角洲网河区，全长2075千米。北江发源于江西省信丰县石碣大茅山，流经江西、湖南和广东三省；东江发源于江西省寻乌县桠髻钵山，由北向南进入广东，至东莞市石龙镇汇入珠江三角洲网河区。在早年一江穿城而过、宽达两公里的广州城中，江上原有海珠石、海印石和浮丘石三个礁石岛。海珠石是那时河道中的巨型礁石岛，又名海珠岛。海珠石饱经江水冲抚而浑圆如珠，珠江美名由此而来，亦逐渐成为西江、东江、北江的总称。

　　伶仃洋北起虎门，口宽约4千米，南达香港、澳门，宽约65千米，水域面积2100平方千米。东由深圳市赤湾，经内伶仃岛，西至珠海市淇澳岛一线以北为内伶仃洋，以南为外伶仃洋。伶汀洋涛涌南海，岸连深圳、珠海、广州、佛山、东莞、惠州、中山、江门、肇庆和香港、澳门两个特别行政区，其半径60千米内有14个大中城市。

独特的海湾形貌与城市群落随着时代浪涛奔涌，粤港澳大湾区巍然呈现。这片面积达5.6万平方千米、人口达6600万的海天一色之地，2017年GDP生产总值突破10万亿元，展示出比肩美国纽约湾区、旧金山湾区和日本东京湾区的中国风采。

粤港澳大湾区建设是新时代推动形成国家全面开放新格局的新举措，也是推动"一国两制"发展的新实践，成为国家发展战略。2017年7月1日，《深化粤港澳合作，推进大湾区建设框架协议》在香港签署，国家主席习近平出席签署仪式，开启粤港澳大湾区历史新里程。

随着这一历史大幕拉开，粤港澳大湾区跨界交通合作、跨界地区合作、生态环境保护合作和协调机制建设全面推进，港珠澳大桥成为跨界交通合作的先导项目，成为中国桥梁"走出去"的靓丽名片、粤港澳大湾区闪亮登场世界的壮丽身姿。

珠江不息，南海天涯。粤港澳大湾区是"海上丝绸之路"的重要历史开篇现场、"一带一路"的时代精彩舞台。港珠澳大桥连通大湾区，情系世界。

人心所向，众望所归。天人造化，心桥永恒。

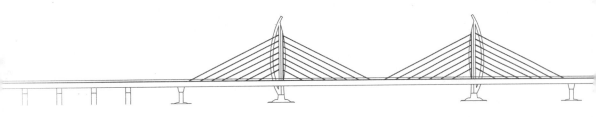

"国之重器"聚国之民心

建桥"国家队"，创"国之重器"

2018年1月25日至26日，广东中山市，港珠澳大桥岛隧工程沉管隧道技术总结交流咨询会在这里召开。国家交通运输部原总工程师徐光担任专家组组长并主持会议。中国科学院院士孙钧，泛美工程院外籍院士、香港工程科学院院士刘正光等特邀专家对相关技术总结进行了咨询评审，对有关论文进行了点评交流。

一组组数字令人震撼：

岛隧工程33节巨型沉管和1个最终接头共浇筑混凝土100万方，海底整平总面积超过243311平方米，使用拖轮365艘次，浮运总里程432千米，沉管最大沉放水深43.9米，最大槽深30米。在沉管隧道施工期间，特别是一个个重大工程挑战面前，专家组进行了沉管安装风险评估专家咨询会34次，咨询审查文字报告177份，提出专家意见543条，个人建议超3000条，各类方案审查咨询会29次，咨询审查文字报告88份，提出专家意见241条，个人建议超2500条。破解了深水深槽、基床回淤、大径流、异常波等难题，攻克了曲线段沉管安装、最终接头设计与吊装、整平船桩腿修复、岛头综合治理等困难，研发了沉管对接保障、姿态监控、回淤监测及预警预报等系统。在半刚性沉管结构、隧道基础施工方案、外海沉管成套技术等研究中给予了极大支持。大桥建设创造了国内外工程界的众多第一及中国工程建设纪录，共完成了100多项试验研究，创造了500多项技术专利，形成6个方面的创新成果。其中先后获得国家科学技术进步奖2项，省部级科技奖特等奖2项、一等奖8项，授权国家专利120项。

一桥牵动万众心，国之重器凝聚家国情、平生愿。

岛隧工程建设中，林鸣曾充满深情又形象地把沉管隧道管节沉放船"津安2号""津安3号"和"津平1号"称为"三个宝贝"。"津平1号"是高精度深水自升式整平平台，即"抛石整平船"。这"三个宝贝"都是上海振华重工海洋工程装备的精心智造与自主创新。在大桥建设工地，上海振华重工专为大桥建设研制的还有起重浮吊船、大钢圆筒、管节制作模板等系列"利器"。"国之重器，激励着所有建设者和参建人，推动着中国海洋工程装备业的跨越提升。"上海振华重工海上重工设计研究院生产设计所副所长何可耕动情表达。

全国上百个科研单位、数十所高校的专家、教授带领团队发挥各自专业优势与智慧，为大桥建设攻坚克难。

这是港珠澳大桥烙上的"江苏印记"：吊起大桥的高性能绳

索，由中石化南京化工研究院有限公司和中国纺织科学研究院，共同耗时十多年研发成功；2.6千米的海上钢桥梁和两座高度超过100米的风帆形钢塔，是由扬州企业制造；无锡远东电缆有限公司为大桥提供各种型号电缆总长60千米，这些电缆线在宜兴工厂装上一辆辆载重卡车，长途跋涉1500千米安全送达现场。当运载大桥沉管隧道最终接头的"振驳28"号船从南通开发区振华基地起航时，承担最终接头焊接任务的109名焊工和工作人员团队也誓师出征。

汇聚大桥的"湖南元素"精彩纷呈：从2012年起，华菱湘钢先后生产了4万多吨桥梁钢，这些桥梁钢宽超4米、平整度差不超过2毫米。在大桥的每个桥墩和桥面之间，有一个橡胶隔震支座，每支座长1.77米、宽1.77米，尺寸为世界最大，无论面临16级台风、8级地震，还是船舶撞击它们都能轻松消解，由中车株洲电力机车研究所有限公司研发。2015年5月，湖南建工集团派出1000多名湖湘工匠，历时3年，完成38万平方米的施工场地，先后建成大桥西桥头的现代化收费大棚"地标性建筑"和大桥管理养护中心、大桥管理区建筑主体、东西两个人工岛工区建筑主体装饰工程、夜景灯光等工程。

湖北武汉有近20家企业参与港珠澳大桥的设计和建设。武船重工承担了长7.154千米的江海直达船航道桥及非通航孔桥钢箱梁制造安装任务。由武船重工精心打造的巨型"海豚塔"重达2600吨，高度是白海豚体长的40倍。"海豚塔"在中山基地制成后，由512个车轮的集控组合模块车将106米长、2600吨重的海豚形钢索塔滚装上船，为世界首创。

"东莞制造"的马可波罗瓷砖为大桥"添砖"，人工岛室内装饰全部选用该瓷砖。大桥三地穿梭电动巴士和电动汽车充电桩由东莞易事特集团与其合作伙伴提供。易事特自主研发的UPS也为港珠澳大桥口岸的旅检区、办公区机房提供稳定可靠的电源保障。

一个个保障为大桥建设凝聚力量，一支支建设队伍为大桥浇灌心血；天南地北，各行各业，组成港珠澳大桥建设"国家队"：聚国之民心，进国之伟力；扬民族精神，创国之重器。

新的核心闪耀，"东方之珠"燃点希望

港珠澳大桥香港段东起香港大屿山海域口岸人工岛，西至粤港分界线，与大桥主体的桥隧转换东人工岛相接，包括9.4千米高架桥、1千米观景山隧道和1.6千米的地面道路接线组成。这段12千米工程钻山跨海、弯曲起伏的走线设计，为的是尽量降低对周边环境和设施的影响，包括北侧的香港国际机场、南侧的北大屿山生态敏感区、大屿山居民以及海面航道等。

大桥香港段2011年底正式开工，2017年5月全线贯通。这是香港特区政府和建设者写就的新篇章，凝结着"一国两制"引领下三地建设者的心血。

香港口岸坐落于总面积约150公顷的人工岛上，其中口岸

区面积约130公顷。香港口岸人工岛也是香港西部的重要交通枢纽，将港珠澳大桥与香港国际机场、北大屿山及屯门等地区有效相连，助力"明日大屿"等香港未来发展规划。

2018年10月10日，林郑月娥发表主题为《坚定前行，燃点希望》的2018年施政报告，其中"明日大屿"愿景广受关注。她指出：大屿山将是香港通往世界各地和粤港澳大湾区其他城市的"双门户"。她如此强调其战略地位："大屿山是香港最大的岛屿，香港国际机场坐落于此，是我们通往世界各地的大门。待港珠澳大桥通车后，香港与其他粤港澳大湾区城市的交通将更为便捷，大屿山会成为通往世界和连接粤港澳大湾区其他城市的'双门户'。"

这个"双门户"阐述，与梁振英任特首时期的战略视角有着一致，而两任行政长官都同样敏锐地洞察到了"港珠澳大桥+香港国际机场"的双核驱动力。

东方之珠，新的核心驱动，动力源深。

"港珠澳大桥建设是粤港澳三地政府遵循'一国两制'进行合作共建。"港珠澳大桥管理局法律专家刘刚介绍，"但香港有不同于内地的法律体系，香港段的建设按照香港特区政府的工作机制和法律程序进行，他们的运作机制和施工进程与内地有不一样。"

不一样的故事，却始终有一样的人心所向。

九年前，香港各媒体都曾报道一个名叫朱绮华的东涌居民，以"环保诉讼"逼停港珠澳大桥香港段施工建设的事件。

2009年秋，66岁患有白内障的朱绮华，在与她同住一栋廉租公房的郑丽儿一番"大桥修建会产生空气微粒，这将影响心脏病、糖尿病等慢性病患者"的说动下，马上表示"要站出来"。两人即以"为了香港市民的健康"名义和特区政府打起了"环保官司"。

身为香港公民党党员的郑丽儿带着朱绮华找到身兼公民党执委的律师黄鹤鸣，黄鹤鸣与公民党副主席黎广德商议后，便让朱绮华于2010年1月22日向香港原讼法庭申请环保署长批准港珠澳大桥香港口岸及香港连接线工程的环评报告及环境许可证司法复核。同年4月18日，原诉法庭作出裁决，该环境许可证被撤销。法官霍兆刚的裁决理由是：环评报告中只提出兴建两段道路后对空气造成的影响，而对于不兴建两段路的空气情况没有给出数据，缺乏环评判断的基础。

原计划2010年年底动工的大桥香港段建设被迫停工。

有香港市民对这一裁决如此比喻：这好像一个家庭在厨房做饭，油烟对厨房空气没有造成危害，但是也要做出对客厅和卧室的空气是否造成影响的判断。

这诉讼撞击着所有港人正义的心。2010年4月22日，香港《大公报》率先发表《网民斥公民党与港人为敌》的文章指出：公民党幕后操控66岁综援（吃政府救济金）老妇朱绮华，滥用司法程序，推翻港珠澳大桥的环评报告，令工程被迫停止，里面包含着不为人知的政治阴谋。5月，香港建造业总工会40名代表游行至特区政府总部抗议环评报告司法复核影响工程进度及工人生计。多个环保团体联合举行记者会，指这一司法复核结果引起社会忧虑和批评，并非反对环保保育，而是反对借环保之名"叫停"大桥和更多关系经济民生的基建工程。

街坊邻居对朱绮华的行为纷纷表示愤慨。朱绮华的儿子也开始指责她。这时候朱绮华才恍惚明白，她反复念着"我什么都不懂，什么都不知道"。她开始抱怨郑丽儿："没想到她这么坏，把我摆上了台"。

香港环保署以充足法理上诉。2011年9月27日的二审判决中，香港高等法院上诉庭三位法官一致认为，环评报告没有问题，环保署长也没有任何疏失。大桥香港段建设可以复工。

但此时工期拖延已超过一年，工程（844TH号工程）调整后的预算由此前的161.9亿港元增至250.47亿港元，增加88.57亿元。

工程复工，建设人员按设计在建桥时采用"搭积木"的模块作业方式，建筑工地上根本没有出现朱绮华担心的尘土飞扬的情况。

口岸人工岛承建商中国港湾香港振华工程有限公司董事总经理苏岩松介绍，人工岛由85个直径约30米的格型钢板桩圆筒结构围成。每个圆筒由192片钢板桩拼接而成，穿越淤泥层进入达到设计强度的冲积土层，同时采用加密砂石桩结构，大量减少海底淤泥挖掘。与此相关的格型钢板桩和砂石桩加密施工工艺在香港都是首次运用。为尽量降低浚挖和倾倒淤泥对环境的影响，人工岛采用不浚挖式填海方法，减少浚挖和倾倒淤泥量达2200万立方米，有助维护海洋生态，尤其是保护了位于附近的中华白海豚栖息地。这在香港也属首次。

人工岛施工的另一难点在于，项目邻近的香港国际机场，施工高度受到限制，最低处只有数十米。项目执行董事张知远说，为完成高度限制下的圆筒施工，其公司所属的中国交建集团专门建造了两艘专用施工船只。为尽量降低人工岛施工对周边环境的影响，承建方采取了多重环保措施，包括在填海工地周边围上总长约7000米的围幕以防水质污染，实施频密的环境生态监察等。

在港珠澳大桥正式通车前夕的2018年10月19日，香港口岸旅检大楼首次向传媒开放。香港特区政府路政署主要工程管理处处长江大荣介绍：大楼流线型的天幕湛蓝亮丽，浪花喷绘与环绕人工岛的海洋互相映衬，成为香港口岸的地标建筑，环保、节能、美观样样实现。

东方之珠，新的核心闪耀，坚定前行，燃点希望。

汇聚锦绣，为"盛世莲花"添彩

"接天莲叶无穷碧，映日荷花别样红。"

由澳门半岛和氹仔、路环两附属岛屿似三片花瓣组成的澳门如莲盛开，"莲海""莲岛"之誉远播。

1999年12月20日，澳门回归祖国，澳门特别行政区成立，中央人民政府特向澳门致送一尊名为"盛世莲花"的雕塑，大、小分别各一件，寓意澳门继续繁荣昌盛，与1997年香港回归祖国时中央人民政府致送给香港特别行政区的"永远盛开的紫荆花"寓意一样。

站立澳门莲花广场远眺，港珠澳大桥跨海通途雄姿壮丽，大桥珠澳口岸犹如莲花添瓣，诗情画意绽放。

经国务院批准，港珠澳大桥珠澳口岸人工岛澳门口岸管理区自2018年3月15日零时起正式交付澳门特区使用，并依照澳门特区法律实施管辖。交付仪式当天凌晨零时在珠澳口岸人工岛澳门口岸管理区边检大楼举行，粤方代表将一个精致的"港珠澳大桥人工岛模型"交予澳方代表。交付仪式后，澳门海关、治安警察局、消防局、司法警察局、卫生局及交通事务局随即派员进驻，执法部门实时肩负起口岸管理区的边防及治安任务。

"盛世莲花"又添瓣，澳门发展掀开崭新一页。

珠澳口岸人工岛位于珠海主城区南部拱北湾，东接港珠澳大桥主体工程与香港相连；西接珠海侧接线与珠海相连；南与澳门口岸相接紧邻的澳门新填海区，距拱北口岸约2.5千米。人工岛东西宽960米、南北长1930米，工程填海造地总面积近208万平方米，是港珠澳大桥项目中填海面积最大的人工岛工程。

人工岛由珠海口岸管理区、澳门口岸管理区、大桥管理区三个区域组成，是港珠澳大桥主体工程与珠海、澳门两地的衔接中心，大桥通往珠海、澳门两地的口岸同岛分离设置、又连接互通，由此成为我国唯——个可实现香港、珠海和澳门三地旅客及车辆通关的互通陆路口岸。从香港方向的车辆到达人工岛后，向左可进入澳门口岸，向右可进入珠海口岸。珠海口岸采用白色调椭圆形整体设计结构，总建筑面积约32万平方米。澳门口岸采用灰色调长方形设计结构，总建筑面积约60万平方米。人工岛填海工程主要包括人工岛护岸、陆域形成、地基处理及海巡交通船码头工程。

港珠澳大桥珠澳口岸人工岛以区域合作模式兴建。2015年8月，澳门特别行政区政府发布的施政方针指出：考虑到水域管辖问题、紧迫期限以及规模、要求与难度后，决定以区域合作的模式兴建，将设施的建设工程转由内地代建。

2009年5月6日，港珠澳大桥前期工作协调小组办公室对外发布公告，即日起进行港珠澳大桥珠澳口岸人工岛填海工程设计招标，并将采用内地公开招标、资格后审方式。2009年7月，"大桥前期办"与中交第四航务工程勘察设计院有限公司签订珠澳口岸人工岛填海工程设计合同谈判备忘录和合同协议书，港珠澳大桥建设的前期填海工程展开。

珠澳口岸人工岛原设计为分离设置的两个人工岛，后确定为"二合一"方案。这一方案增加了9公顷填海面积，但对水流流态影响反而减少、景观效果更佳，而且节省总体投资。整个人工岛设计造型富有现代感，如一个巨型椭圆贝壳伸向大海，又似一瓣莲花盛开。人工岛同时兼具观光功能，与大桥岛隧工程的东人工岛观景台各取特色，一齐饱览大桥风光。

2009年12月15日，珠澳口岸人工岛填海工程动工，被列为澳门回归十周年庆典系列活动的一项内容，成为港珠澳大桥工程首个动工项目。这一项目包括护岸、陆域形成、地基处理及交通船码头等系列工程，由珠海格力公司挑起重担。为此格力公司专门成立格力港珠澳大桥人工岛发展有限公司。人工岛工程整体施工由东、南岸护岸开始，东、南护岸地基处理采用大开挖方案，形成掩护条件后再进行西、北护岸施工，西、北护岸地基处理采用真空预压联合堆载方案，形成半封闭式陆域抛填条件，然后进行岛内陆域施工及岛内软基处理，最后完成整体填海工程。

"人工岛建设迎面而来的第一个挑战是填海用砂难题。"公司总经理谢隽介绍。动工之时，正是珠江三角洲流域对砂源采集的整治阶段，市场上海砂供应不足，砂价高企。谢隽带领团队四处奔走，多方协调，与砂源供应单位反复沟通，促成合作，使外伶仃、白沥岛等三个专用砂源区落户珠海，圆满解决了砂源紧缺和砂价高企的难题。

砂源难题刚解决，本来比较成熟的人工岛软基施工"堆载预压"工艺遭遇意外：抽水试验中抽水不畅，抽水量只有原设计的30%左右，工程由此被迫停工近半年。建设方和施工方无不压力骤增。社会关注，各方焦急。怎么办？不是工科出身、但有二十多年工程建设与管理经验的他，明白此时唯有全力组织协调、集中力量、共克时艰。从上到下、从大桥管理局到市大桥办、从技术部门、施工单位到工程专家、相关协作单位，他和团队夜以继日沟通协调，汇聚力量，终于通过增加堆载量，以"超载"险克难关。

险中求胜，稳中推进，工程终于如期完成，并实现"零事故、零污染、零伤亡"。2013年11月28日，经过四年艰辛建设，珠澳口岸人工岛填海工程顺利验收通过。

"这一工程不仅是港珠澳大桥的重要组成部分，更是澳门融入粤港澳大湾区规划的重要基础设施。我们与澳门近在咫尺，更有责任建好这一精品工程。"说起眼前的工程，谢隽心中感慨不已。

汇聚力量，浇灌汗水与智慧，这一瓣"莲花"盛开。

"大桥一通车，就真像在家门口了。有家的感觉太好了。"澳门企业家邱玉珍在珠海横琴创业已经五年。她是第一批入境横琴的澳门单牌车车主，期待港珠澳大桥早日通车的心情非同一般。

2017年12月18日18时，港珠澳大桥澳门口岸管理区项目总经理部在旅检大楼前广场举行"连三地锦绣，铸湾区辉煌"庆澳门回归十八周年暨港珠澳大桥澳门口岸管理区项目亮灯仪式。澳门特区行政长官崔世安、中央政府驻澳门联络办副主任孙达、外交部驻澳门特派员公署特派员叶大波等出席点亮仪式。

亮灯为澳门口岸披上节日盛装，缤纷璀璨。这一瓣独具风采的"莲花"，汇聚祖国大地锦绣，为澳门回归十八周年献上新时代大礼，为"盛世莲花"增添异彩。

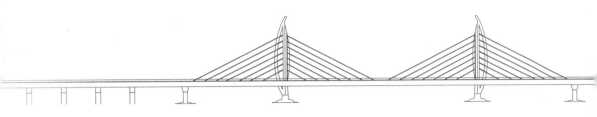

世界超级工程凝世界智慧

————

握手世界，世界更精彩

笔者写这一部分时，面对电脑，思绪翻腾：一座世界超级跨海工程，如何看待它的世界性？它在融汇世界智慧与文明中有何独特？它为世界提供了怎样可资借鉴的经验与样本？港珠澳大桥建设立足自主创新、整合全球资源，我们如何在中国发展与前进的道路上观世界？

人类文明丰富多彩与绵延不绝的历史规律之一是它的世界性。

世界之大，无奇不有；大千世界，江河行地。随着人类认识自然、利用自然、造福人类、创新文明的思维拓展与技术追求，地下开挖、海上架桥，文明进程日益开阔，世界由此变得更加美好。

在世界工业文明与科技进步的滋养与激励下，1910年世界第一条沉管隧道美国底特律河铁路隧道建成，它采用连续钢壳的方法与工艺，水下段由10节长80米的钢壳管节组成。19世纪末沉管法已经被世界工程师们在排水管道工程中使用。随着这一技术的进步与世界性追求，1927年，德国在柏林建成一条总长为120米的水底人行隧道。1928年，采用沉管法修建的第一条水底道路隧道在美国加利福尼亚州的奥克兰与阿拉梅达之间的波西隧道建成，其水下段总长744米，由12节62米长的管节衔接。它是钢筋混凝土圆形结构，隧道采用圆形的双车道断面等许多重要特点，成了美国后来使用沉管法的工程楷模。

1942年，荷兰修建的位于鹿特丹市的马斯河隧道，是世界上首次采用矩形钢筋混凝土管节的沉管隧道。它连接马斯河两岸，拥有双向两车道、一条行人道及一条自行车道。隧道始建于1937年，1940年5月第二次世界大战中鹿特丹市中心几乎被夷为平地，这一隧道却得以幸免。它在纳粹占领荷兰期间完成建设，1942年2月14日秘密揭幕。这个著名的亚欧大陆桥欧洲始发点国度，由此到21世纪初，在这个世界有名的低地之国，建起了在世界各国中数量最多的沉管隧道，并参与了著名的连接丹麦和瑞典的厄勒海峡大桥和韩国釜山到巨济跨海大桥的建设。

人类文明为人类分享，世界成果被世界关注。

港珠澳大桥由岛、隧、桥组成建设世界超级跨海大桥，岛隧工程的沉管隧道世界最长、沉管埋置深度世界最深，沉管重量亦为世界之最。大桥连接粤港澳三地、120年设计使用寿命，这一切都让世界为之瞩目。而中国的沉管隧道工程建设时间不长，经验缺乏，且这一次是我国第一次在外海环境下建设，其风险与未知，考验与挑战，这一切自然也让中国工程师们把眼光投向世界，首先投向了荷兰的公司。

然而，万事开头难，路长且艰。世界超级工程，有着世界超级险阻。文明成果，总有文明衣裳披挂。合作与共赢，是一个心相近、情相系的艰难调适与磨合过程。

国之重器，激发国之深情。人类文明的美好追求与向前步伐总如江河行地不可阻挡，世界共创的人类命运共同体总会劈波斩浪而扬帆远航。

历史车轮滚滚向前，时代航船迎风激浪。人心所向，向着文明世界的光明；人心所向，向着世界文明的未来。

港珠澳大桥建设管理引入12家境外企业，总人数近100人，总合同金额近3亿元人民币。

互利合作，合作共赢。众人拾柴火焰高，条条大道通罗马。

中外格言证明世界文明相融的光明图景，证明文明世界互利共赢的美好未来。当荷兰隧道工程咨询公司执行总裁汉斯·德维特先生的手和朱永灵的手握到一起，和林鸣的手握到一起，互利合作，合作共赢的人心所向佳话，再次获得证明。这是意味深长的握手。握手世界，世界更精彩。

荷兰隧道工程咨询公司是一家在沉管隧道领域居于世界领先地位的国际专业咨询公司，成立于1988年，总部位于荷兰Amersfoort市，是荷兰两家著名的咨询公司（皇家哈斯康宁德和

威集团及Witteveen & Bos咨询公司）组成的永久联合体。该公司
参与了厄勒海峡通道工程、釜山巨济桥岛隧工程，连接丹麦与德
国的Femernbelt通道工程，以及卡塔尔Sharg通道工程等世界主要
的重大跨海工程。

从2009年到2017年，荷兰隧道工程咨询公司先后为港珠澳大
桥岛隧工程执行了三个主要技术审查和咨询合同，其中主休工程
设计与施工咨询合同下又增补了三个专题研究合同和一个技术支
持合同，直接参与项目工作的员工达五十一人，荷兰隧道工程咨
询公司两届执行总裁均深度参与并先后负责本项目工作。其中参
与时间最长、介入项目最深的有荷兰隧道工程咨询公司执行总
裁、项目和隧道总负责人汉斯先生、项目总监、人工岛总负责人
Dick Kevelam及项目经理、高级结构工程师李英。荷兰隧道工程
咨询公司作为岛隧工程咨询的牵头单位，同时也是港珠澳大桥业
主的技术顾问。

八年参与，八年尽职，圆满完成了所有合同任务，

"与我们合作的外国公司和企业，给我们带来了一些好的经
验和信息，让我们少走了很多弯路。"回顾港珠澳大桥建设的奋
斗与创新历程，朱永灵这样坦诚而感动地介绍。

当2016年林鸣在荷兰隧道工程咨询公司受到升国旗的礼遇与
尊重时，他动情追忆："那一刻，我深被打动。我们做得越好，
越会获得世界的尊重。中国越开放，世界越精彩。"

人类文明是人类的创造，是人类共有的智慧成果。中国的

发展与进步，中国的创新与创造，是世界人类文明光彩夺目的部分，是世界进步与繁荣的杰出贡献。港珠澳大桥以众多世界之最，以中国建设者的追求与智慧为世界增光，为人类文明添彩。

握手世界，世界更精彩。精彩世界，人心所向。所向文明，文明甘甜而温馨。

美好经历，汇聚美的佳话

孟令月是大桥岛隧工程西人工岛一名技术员，在岛上现浇敞开段墙体清水混凝土施工期间，他和驻岛的德国工程师Thomas Huber交流。从一开始用蹩脚的英语加上双手比划，到可以自如交流，默契配合。"和这位德国工程师在一起的日子，向他学得很多，成为我难忘的一段人生和职业经历。"孟令月感怀地说。

2015年3月，大桥岛隧工程项目部组织召开东西人工岛清水混凝土技术标准、施工规程及施工方案专家评审会。会议邀请了来自德国PERI、美国的AECOM、英国的AT Design Office等国际知名公司技术专家以及国内行业专家、高校教授组成"国际化"的专家评审组，一同探索国内首个外海集群清水混凝土工程。

清水混凝土是混凝土材料中最高级的表达形式，其表面平整光滑、色泽均匀、棱角分明、无碰损和污染，不需要二次修饰。高品质的混凝土结构和外观基于高品质的模板工程，尤其是清水混凝土施工需要对模板作业始终如一的严格要求。大桥建设慎重选用了由德国派利设计、振华重工加工的模板。为了保证工程质量，德国PERI公司特别安排两名德籍工程师Franz Loffler及Thomas Huber常驻东、西人工岛现场，及时解决施工中存在的问题。

孟令月介绍，在刚接触到墙体清水混凝土模板安装的时候，由于外侧模板拼缝位置差异，圆台螺母与模板间的缝隙差不多有两毫米。他以为这不是什么大问题。但Thomas对质量一毫不肯放过，两人不免会有冲突。

"因为偏差很小，对于模板受力、混凝土外观都没有什么影响，还试图以此去说服他。"孟令月说。考虑到如果返工的话，可能会影响进度，于是他连续找Thomas沟通了两次。没想到这个平时挺和气的老外毫无退让的余地："不要再跟我沟通这个问题，我已经告诉你们解决办法了。"孟令月说此类小事情他经历了几次，两位德国工程师都是用同样的语气、同样的语言回应。"其实他们坚持的就是清水混凝土施工管理的规范性和精准度。"孟令月理解了两位工程师，心中升起敬重。

规范精准给孟令月又一次深刻感受的是他们的图纸。

2014年底，孟令月和几个技术员去广州检查台车加工质量，发现图纸中有一处标注改动过，但不知道最终是按哪一页图纸进行加工制作的。"我打电话问Thomas，他告诉我他们规定生产厂家按照图纸编号中'a'的那一版进行加工制作，所有的材料、标注均以这个图纸为准。按他说的，我很快查到了。"孟令月回忆道。原来他们的图纸有这样的规定，而且公司的每个员工都知道，标记"0"代表第一版图纸，标记"1"代表修改过1次，标记"a"代表修改过两次，然后用26个字母依次代表修改过的次数。

"有的图纸，他们修改五六次，但每次修改都会有目录式的说明放在设计册之首，我们去复查或寻找相关数据，精准而方便。从这些微小细节，让我见识了成立近五十年的PERI公司强大设计、施工管理系统的规范性，领会到这位工程师的细致认真。"孟令月感慨不已，"与德国工程师在一起的日子里，让我开了眼界。大桥建设，让我对世界精品工程有了认识与行动上的飞跃。"

岛隧项目总经理部曾多次赴日本考察学习钢结构制造、钢桥面铺装等技术和工艺，邀请日本桥隧专家伊藤学担任港珠澳大桥技术专家组成员，隧道专家花田幸生在一线参与岛隧工程建设。

花田幸生先生到岛隧工地不久，大家被他的热情和勤奋感染，就亲切地直称他"花田先生"。总经理部设计分部郭敬谊还发现这位参加过多个世界大型工程建设的沉管隧道工程专家与常人很有不同。"有一部叫《超级建设者》的专题片介绍了花田先生在土耳其伊斯坦布尔的马尔雷海底隧道沉放管节的工作实况，我才知道花田先生在沉管隧道施工领域，特别是管节浮运作业方面是如此著名和专业，被誉为'超级建设者'。"

港珠澳大桥岛隧工程为首节沉管沉放做着充分准备，备战紧迫，所有参与者停止休假，全力以赴。花田先生也放弃回日本的休假计划，他夫人洋子便从东京飞来珠海，在岛隧项目施工总营地探亲两周。

郭敬谊介绍，洋子夫人每次见到她，第一件事就是拿出外孙女的照片给她看，说她的外孙女又长大了。"在花田先生来到岛隧项目工作的第二个月，老两口当上了外公外婆。这令花田先生十分开心，他的办公室、手机和电脑里都是外孙女的照片。他说参与港珠澳大桥建设为他和全家添喜添福。"郭敬谊说起花田先生的这一生活细节，不由深被打动。如今看到洋子喜不自禁的神情，她不由问起根底。

"我一直生活得很开心。"洋子乐不可支地告诉郭敬谊，"花田能参与建设中国这样超级的世界工程，岛隧项目部为他提供了很好的生活条件，对他照顾得无微不至，特别是给了他发挥的平台和极大的尊重，他工作很开心，我也更放心地支持他工作。"

一次，郭敬谊很认真地问花田先生："你成了大桥建设的新闻人物，记者给你拍照的时候，你准备摆什么pose呢？"花田先生一听，立马摆出马步，双臂往前一伸，右手指向右前方，左手指向左前方，把他在项目部学会的中国太极拳功夫表现得神形兼备，俨然记者就在眼前给他拍照，逗得所有在场的人哈哈大笑。

身高1米85的安娜·罗斯伯格是大桥岛隧工程项目部承担设计独立审查的丹麦科威公司员工，皮肤白皙、金发碧眼的她，走到哪里都是关注的焦点。她对工作一丝不苟，深受大家喜爱。她还酷爱体育活动，工作之余总喜欢和中国同事一起打羽毛球，在

"2011年珠海高新区羽毛球联赛"中，她成为岛隧项目部团队主力，精彩的球艺赢得掌声不断。

安娜·罗斯伯格担负的工作顺利完成了，回国离开岛隧项目部时，这位与中国同事建立了深厚友谊的丹麦美女员工，和大家深情相拥告别，一遍遍挥手说道："中国美，大桥美，我一定会回来的！"

美丽事业，美好经历，汇聚一个个美丽佳话。

伙伴关系，凝聚地球遥远另一边的智慧

这是机遇与时代前行交汇的又一个故事。它一样因港珠澳大桥建设而交汇，它交汇于中国与世界的时代坐标，阐述着"伙伴关系"人与心的世界内涵，凝聚地球遥远另一边的智慧。

2006年10月，中国、日本和荷兰三国专家出席的隧道工程技术国际会议在上海召开。

当来自荷兰的两位教授在会上作关于混凝土耐久性的专题报告时，听众席上的苏权科边听报告边和身旁一位年轻姑娘随口探讨起这一话题来。几句下来，苏权科感觉这年轻姑娘竟颇为在行，不由递过一张名片。

年轻姑娘接过名片一看：港珠澳大桥工程前期工作协调小组办公室技术负责人。她顿时喜出望外：这不正是她这几个月来期盼认识的人？

踏破铁鞋无觅处，得来全不费工夫。巧遇就此促成她与港珠

澳大桥结缘。

她叫李英，湖南长沙人，荷兰皇家哈斯康宁德和威集团中国公司员工，也是RHDHV子公司TEC的中国代表。她2004年荷兰代尔夫大学土木系博士毕业后，2005年回国工作。

当苏权科了解到台上作报告的就是李英的博士生导师后，便热情发出邀请，希望她到前期办把导师的耐久性主题报告和大家交流一次。

天赐良机。李英对港珠澳大桥情况越来越了解。一番思考下来，她立即给总部写信，提出希望全权跟踪这一项目，协助公司参与这个项目。很快，公司表示同意，由她作为TEC在中国的总代表跟踪这一项目。

她扑下身子，全心投入。她和前期办保持密切联系，她和大桥岛隧工程总经理部开始业务交流。心血与汗水换来成果。TEC在2008年与美国TYLI公司一起为大桥审查专用标准和设计深化研究方案，2009年又中标作为上海市政工程设计研究总院联合体成员，正式参与港珠澳大桥主体工程设计及施工咨询工作。

她担任联合体TEC项目副经理，主要负责现场项目管理、协调和有关"耐久性"审查技术及所有TEC咨询成果文件的审核工作。具体说，是她和现场团队要把荷兰专家的技术建议和审查意见，及时、准确、有效地传达给项目现场，同时把现场的信息同样要求地反馈给荷兰专家。

也就是说，李英的工作如同"二传手"，亦如同桥梁，稍有不慎，她搭的桥"交通"受阻不说，矛盾和误解随时可能发生，甚至导致"落水"。但还远远不止这些，她的"桥"能否顺利搭成？彼此能否"心桥"相通？能否不影响工程进度这个大局？这不只是考验她的专业技能，更有智慧与情感。

"每当向业主等单位传达或汇报荷兰专家的审查意见时，我都要提前理解、领会和明确老外的观点，再用一种中国人习惯的思维方式想清楚，最后用中国人能接受的表述和习惯语气清晰地阐述出来。哪怕一个简单的PPT，也要斟酌再三。"回顾那些经历，李英打开了话匣子，"同样，我要把中方各个不同单位的观点、特别是一个个重大技术、工艺清晰地传达给荷兰专家时，也是这样的思维和表述转换。TEC专家在没有达到他们认可的可以付诸施工的设计图时，就坚决不给签图。而设计与施工的总承包方式有'施工驱动设计'，这难免产生矛盾甚至误会。"在这来来回回的转换中，没有做过职业翻译，对涉及岛隧工程方方面面技术也并非"全能"的她，其经受的考验与挑战不断冲击着她的身心与意志。

"我确实深刻感受到了文化差异带来的困扰，你很难用语言来形容。这是几年来我感受的最大压力。"李英直率地坦承。

2009年底到2010年初，TEC是编制岛隧工程设计与施工总承包招标技术文件的牵头单位。当时，中方初步设计单位建议全部按中国人的思路和表达方式编制，而荷兰专家编制文件，又建议采用国际惯例，并采用他们长期形成的习惯和要求。尽管是工程技术，但格式规范、思路程序，甚至标记符号都不尽相同。由此引起的争议不断。"这下把我的头都搞大了"，李英苦笑说道。

从"二传手"到"夹心人"，各方的压力都指向李英，一个个为什么左右而来，一天天催她快出材料。她晚晚加班，可听到的差不多都是批评。这时又赶上圣诞节和新年假期，国外同事休假，孤立无援之感阵阵袭来。汉斯似乎也感受到了她的压力，专门发来一封长信鼓励她。但这鞭长莫及。几近精神崩溃，在元旦之夜她抱头痛哭一场。

宣泄并未解决根本问题。远亲不如近邻。她不再勉强，她向朱永灵求助，商量由张劲文博士来协助与总工办等一起成立编标专职小组。理解与支持，在她心头温热。反复沟通，细致工作，坚守原则下的无伤大雅妥协出现，中外双方各自优势得到发挥，凝结中外经验与智慧结晶的高质量招标技术文件，最终获得各方认可。

在磨炼中成长，在磨合中融合。

2012年12月，审查工作再次"烽烟"升起。隧道施工图设计重新提出的一个在技术上还未采用过的设计方案，使双方久陷僵局。最后在中国交通部技术专家组的组织下，专门为此召开了第五次港珠澳大桥技术专家组会议，僵局才打破，一锤定音。

创新，冲破重重险阻胜出；"二传"，让李英在层层考验中增长智慧。

实践出真知，智慧来自心灵。

在笔者对李英的深入采访交流中，这个湖南妹子的辣味与水灵漫溢。她回顾那次在TEC邀请林鸣到访及她的全程接待陪同时，这样深切感怀："公司以成立一百多年来高规格的礼仪表达心意，同时公司多位高管出面接待。尽管双方有技术上的争议，但TEC对林鸣总工程师和中交联合体取得的成就充满敬意，汉斯总裁一次次发自内心赞赏岛隧工程的各项技术创新，并为参与建设感到由衷自豪。我能为促成双方在总部进行愉快交流感到非常欣慰。"

智慧涌动，2015年李英特意翻译了《伙伴关系：厄勒海峡通道项目管理成功之道》一书。

"也许是经历了类似的伙伴关系的项目——港珠澳大桥的建设过程，让我读过一遍就对此书产生很多感触和共鸣，没有太多犹豫就开始了对全书进行翻译。""本译著也特别献给港珠澳大桥及其岛隧工程！"在2017年由人民交通出版社出版的该书译者序中，李英这样写道。

这本书的翻译和出版得到交通部原总工凤懋润和朱永灵的鼓励，张劲文应邀为之校审。李英在译者序中还写道："本书的故事发生在地球遥远的另一边，十几年过去了，科学技术已经飞速发展，但我认为促使项目成功的'伙伴关系'，其基本原理却不会改变，不分国界和地域，它决定了执行项目的主体因素'人'

的做法和想法。"

　　港珠澳大桥建设迸发建设者智慧，世界超级工程吸纳世界智慧。大桥共同体张扬"伙伴关系"，阐述人与心的世界内涵，凝聚地球遥远另一边的智慧。

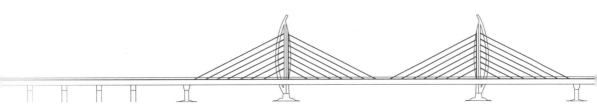

永恒于心

"您"，就是"你在心上"

时光长河，人生几何？对大桥建设者们来说，岁月荏苒，港珠澳大桥成为他们心中永远的荣光。

这一天是荣叔的生日，但工地太忙，要不是老伴千里之外来电话祝他生日快乐，他一点没想起来。

荣叔是牛头岛沉管预制基地Ⅲ工区二分区的总调度。他的工作不仅要负责落实项目制定的生产计划，安排召开每天生产调度会，还要协助工程技术部具体实施现场人员、材料、机械设备等平衡调试。施工现场方圆几公里，地形繁杂，人力、设备资源如何有效调度、提高人机的使用率成了大学问。从18岁当学徒到55岁成为行业技术能手，荣叔练就了不紧不慢、有章有法的工作方法，从工程计划入手，细心及时地与工程部、设备部和试验室做好细致的沟通交流是他一贯的做法，这如老黄牛般的兢兢业业、又有长辈的温厚真情，让大家都亲切称他"荣叔"。

此刻，有媒体记者前来采访。他觉得这也是工作，而且把大家都关注的沉管预制生产情况报道出去，工地同事们的拼搏精神让更多人知道，这工作重要，他一心投入。当老伴打来电话时，他也一次次没有当回事。

一旁采访的记者连忙请他先接电话。荣叔打开手机一看，3个未接来电，老伴的信息这样写着："荣，今天是您的生日，我知道您在工地工作接电话不方便，发个信息祝您生日快乐！家里都好，请您放心。"

"荣叔，老伴怎么称呼'您'呢？"记者好奇地在一旁发问。

"您，就是，就是你在心上……"荣叔有点不好意思，解释却心领神会。荣叔被阳光海风吹得黝黑红亮的脸上，涌上红晕，灿烂而温情。

"你在心上"为您。不知语言学家会不会这样解释？人们是不是习以为常，只觉得这称号含有敬意？一个敬意的称呼，发自心底的真情；饱含挚爱的诠释，情深意长的传递，在工地弥漫，与大桥一起在心上，成为"心上的你"。

"你在心上"，港珠澳大桥！

"桥在心上，充实了我的人生，实现了我的追求。"沉管预制生产搅拌站振捣工李光华这样说起自己对大桥的感受。

老李今年54岁，2013年到牛头岛。说起上岛的过程，他心有激情地说就是奔着大桥这心里的唯一而来。

这位来自湖南南县的农民工，从小爱琢磨、鼓捣家里的电器，一心想做发明家。21岁那年他从老家远去浙江金华打工，特到一家摩托车厂做学徒。几年下来，觉得自己有了点技术，决心自己做老板，一心搞发明。于是和几个老乡凑一笔钱，来到广东江门开起了一家摩托车配件生产厂。他不做别的，一门心思要造出一个不一样的摩托车省油器，实现发明梦。越想越来劲，越做越入迷，可是资本却越来越少。十一年痴迷，最后成本全亏，还把伙伴也连累了。

2012年年关到来，李光华突然发现自己一无所有了，回家过年的路费都凑不全，就在广州火车站前广场转悠到大半夜。

这时手机响了。一个老乡打来的，问他的发明如何，说牛头岛上有需求。

真是哪壶不开提哪壶。说起发明两个字，此刻他心中都是痛。"牛头岛"几个字更让他云里雾里，一句"走投无路"说完，他就想摁掉电话。可老乡在电话里大喊：那你快来牛头岛，这里就要你这样有想法的人。

老乡一番解释，李光华泪眼一望霓虹闪烁的城市繁华，恍惚一条生路在眼前展现。他收起手机，一路狂奔到旁边的长途汽车站，守到天亮，买上一张到珠海的票，再一路坐船到牛头岛，岛上上班、过年，开始了新人生。

他做的是混凝土搅拌振捣工。每个沉管管节8万吨，混凝土占了绝大部分分量。每天手握一根振捣棒，振得混凝土均匀、合规的同时，他的手和身子也振得要开裂。一身泥灰层层笼罩，

"唯有眼睛间或一闪，才知道是个活物"。

一次，昂贵的进口振捣棒出了问题，身边没有人懂得怎么修。发明梦深藏于心的李光华不听劝阻就动起手来。

"我二十多年弄机器、捣配件，这有什么不能捣的？"李光华心底的鼓捣劲直往上涌。半天下来，他竟捣出了模样，这棒被他捣成了。"他这可是一个小发明呢。"采访中，对李光华颇为熟悉的Ⅲ工区二分区调度王斌跷起大拇指对笔者说。从此，李光华的发明家梦想有了施展舞台。后来，国产的振捣棒代替了大部分进口棒，李光华更是成了大忙人，振捣棒哪里有问题，他总能手到"病"除。

这一手妙手回春功夫，越发激起他的梦想高飞："我一直想去大桥上看一看，桥上那么多发明创造，好想去学一学。"说起桥，李光华神采飞扬、梦想不止。"以后回老家了，家乡建桥，我一定会去鼓捣一点名堂来。"

你在心上，桥在心上，永远的心桥。

"港珠澳大桥宝宝"，永爱于心

清晨，海风吹拂、朝霞初露。

三个身着工装、一头刘海短发的年轻妈妈，分别与各自还在熟睡中的宝宝轻轻吻别，给照看小宝宝的保姆简短交代几句，然后动作麻利、静悄悄地走出第五工区工地宿舍，骑上自行车向工地迅即奔去。中午，她们又不约而同地汇聚一起，顶着38度的高温炙烤，利用一个小时的午间休息，骑上自行车飞速赶回宿舍，来看一眼留守的宝宝，给宝宝一个亲吻，逗宝宝一个微笑，给宝宝深深的母爱，然后匆匆返回工地。

她们，就是被工地工友们真情而感动地称为"港珠澳大桥辣妈"的王清清、张月欣和汪芳芳。

这是港珠澳大桥建设中的一个剪影，这是三位80后"辣妈"工地生活的一道平常风景。她们说，这才是大海上真正有"辣味"的生活。

然而，你真正知道这些"辣"的滋味吗？

人们都会觉得建桥这样繁重的野外施工建设，这如同打仗般的风雨无阻抢时机、不时出现的"百日战""决胜战"连绵不断，这应该让女人走开。"我们不去肩挑背扛，做点力所能及的事，一样是快乐的。""辣妈"们说。其实，这快乐还有更多内容。

"那时，我真的是奔着他，奔着桥，为追爱而来。"土生土长的青岛女孩王清清坦率地说。她和小陈是大学同学，毕业后择业时，小陈为了她，远离家乡而留在青岛。两年后，为建设港珠澳大桥，小陈调来了珠海。当她兴奋地在手机地图上定位两千多公里外的珠海，便毅然决然踏上了南下的列车。在跨越千沟万壑后，她想还有什么可以再阻挡她和他的爱呢？然而，她没想到的是，小陈的工地是在一座叫牛头岛的孤岛上，她和小陈之间还有相距14海里的伶仃洋海面。

港珠澳大桥在伶仃洋上修建，这座大桥最艰辛、最具科技创新的是岛隧工程，而建设海下隧道要用的世界最大沉管就是在牛头岛工地制造。小陈做的是沉管制造检测工作，大桥建设如火如荼，每个月才可以离岛回珠海休假一次。

跨越千万里，依然"牛郎织女"，怎么办？

"为爱而来，就为爱坚持到底。"她坚定地对小陈说。于是，王清清放弃自己的特长，在小陈的同一个公司第五工区做了一名资料员。

爱，大海难隔；有爱，孤岛不孤。两年后，这一对为爱坚守了七年的80后，在大桥隧道第三节沉管安装完毕的空隙，领证举办了婚礼。不久，王清清怀孕了，她一个人产检、一个人胎教。直到临产前两天，小陈才回到她的身边，一起迎接小生命的到来。随着大桥建设一步步推进，她们的儿子也在一天天长大。王清清心里明白，儿子和大桥，她一个都不能放弃，一个都不能远离，哪怕千辛万苦。而对工友们赠予的"辣妈"称呼，她自豪地回答："宝宝与大桥一起培育，我就是快乐的辣妈！"

同为"辣妈"，在第五工区做综合干事的张月欣，说起怀孕期间对在牛头岛上担负运输沉管船坞建设测量工作的丈夫小强的思念时，满是感慨："初创时期，牛头岛上既无人居住，又没有通讯信号，那份牵挂与思念，便是举头望明月，低头看大海"。

张月欣孕期反应非常强烈，本来就瘦弱的她，不但没有像别人增加体重，反而比先前减轻了六七斤。但身体不适没让她对工作有一丝懈怠。为让丈夫安心工作，她特意选择回家生产。

产假结束，她就带着孩子一起回到工地："我想让丈夫经常看到儿子，也更想让儿子叫的第一声'爸爸'，是丈夫在儿子的身边。"张月欣这样幸福地憧憬。

可没想到，10个月大的儿子真的第一声叫"爸爸"的时候，丈夫小强却仍然在岛的那一端。听到电话里传来儿子的第一声呼喊，丈夫小强的一声"儿子"回应，是伴着海浪的涛声般长啸。面对这一情景，张月欣紧抱儿子，满眶热泪似海浪奔涌。

"辣"中有咸，她们为心爱照样甜蜜，为至爱坚持奋斗。

这是2016年的春节，"辣妈"汪芳芳的父母来到了珠海。工程工期紧，女儿女婿一家只能在工地过年，他们便来照看外孙。这是汪芳芳和丈夫接连三个春节在大桥工地度过。

"我女儿名字叫迦佑，就是希望平平安安的意思。"汪芳芳介绍道。她还快乐地说："当初起名时，我和丈夫的想法，就是希望隧道的沉管每节安装都平安顺利。将来女儿长大了，她会知道，她的生命孕育，是和港珠澳大桥连在一起的，她更有一个美丽的名字——港珠澳大桥宝宝。愿她和大桥一样，永远平安美丽。"

是的，历史会记住你们，港珠澳大桥的宝宝们；历史不会忘记你们，建设港珠澳大桥的"辣妈"们！

至爱无比，珍爱于心。

丹麦隧道工程师汤米参与了港珠澳大桥隧道的设计工作，为研究隧道的受力分布和沉管部分设计而与中国同事一起齐心奋战两年，大桥建成，面对隧道内的优美建筑设计和精美装修，他满怀深情："我的第一个女儿就是在隧道建设时出生的，这条隧道就像是我的第二个女儿，我会一直珍爱她"。

"港珠澳大桥宝宝"，建设者们心中永远的至爱。

人心所向，珠联璧合，注定永恒于心

人心所向，心神凝聚；历史机缘与时代舞台聚会，人生梦想与世界奇迹共创。

朱永灵与胡应湘先生又一次相聚。

2018年2月4日至5日，"港珠澳大桥岛隧工程景观设计暨工程美学研讨会"在广东中山召开。交通运输部原部长黄镇东、原副部长胡希捷，中国科学院院士孙钧，中国工程院外籍院士邓文中，中国工程院院士谢礼立、郑皆连、丁烈云，交通运输部原总工程师凤懋润，香港工程科学院院士刘正光，香港合和实业有限公司董事会主席胡应湘等特邀嘉宾出席会议。

嘉宾云集，风云际会。时代机遇与历史足迹在这里又一次交汇，成为中国社会行进步伐的一次深深烙印。

在主会场，以"筑梦宏图"为主题，分"最美港珠澳""最美人工岛""最美隧道""最美建设者"等篇章，展出了共计100幅港珠澳大桥及国内外著名桥梁的摄影作品，吸引了众多参会者驻足欣赏。现场播放的《筑美工程》《大国工程》《最美建

设者》等专题片诠释了大桥建筑及建设者不同角度的"美"，得到了大家的高度评价和点赞。

"港珠澳大桥珠联璧合的设计理念给来访者带来了不一样的观感。大桥雄伟壮观的身躯、震撼人心的体量、与众不同的造型，体现了设计者的精妙构思和建设者的过人胆识。融合三地的制度优势是项目能达到目前水准的关键，发挥参建各方的主观能动性是项目成功的保证。"朱永灵在开幕致辞中如此直抒胸臆。他环顾会场，继续说道："港珠澳大桥的品质在很多方面超出了最初的期待，尤其是岛隧项目部在现场管理、细节管控上更是一丝不苟、精益求精，所有参观过岛隧工程的人都会对土木工程做得如此精美感到眼前一亮。以林鸣同志为代表的港珠澳大桥建设者，怀揣中国工程师的光荣与梦想，以推动中国交通行业技术进步为己任，敢于突破、敢于创新，取得了令世人赞叹的骄人成绩。"

一席衷肠心语，引出香港合和实业有限公司董事会主席胡应湘发自内心的肺腑之言。他在发言中欣慰地说："港珠澳大桥工程的完成证明了国内的设计、施工能力已经从小学达到了大学的水平。国内在工程精细化管理水平上有了极大的提升，已跃居到世界一流的建筑水平。"

肺腑之言，情怀坦露。这位1935年出生香港、祖籍广州花都的爱国实业家，1958年毕业于美国普林斯顿大学土木工程系后即返回香港开始创业。他读大学期间正是美国开始全国州际高速公路网建设、进而推动其经济社会高速发展的重要时期，所见所闻触动内心，他对祖国高速公路建设、跨海大桥建设一直情有独钟。从广深高速公路建设到伶仃洋大桥设想，今天，中国高速路网建设跃居世界前列，港珠澳大桥以世界一流身姿横空出世，怎不令他自豪无比？

随着珠三角、大珠三角、泛珠三角到今天粤港澳大湾区的历史行进步伐，他还曾想给港珠澳大桥取一个特殊的名字："123桥"。他的解释是："一国、两制、三地"。

数字的有机排列，如此自然而锲入常理，表达着他心中不变的分量与炽热情怀。

现在，大桥建设以完整的过程、真切的现实、珠联璧合的壮丽展示出他心中的深情。刚才朱永灵的致辞清晰分明表达了他的心意，这一大桥的完美建造圆了他的一生夙愿。这位83岁高龄的老人，心花怒放，肺腑之言奔涌而出。

从神交到面晤，从奋斗到感言，从设想到现实，从梦想到梦圆，两位历史的亲历者、见证者的双手又一次紧紧握到一起。

温情相握，温热相聚；相握时代，相握心灵。

心有灵犀。港珠澳大桥东西人工岛上专门设计安装着四个青铜鼎，在这次盛会举行前的2月4日上午，嘉宾们应邀上岛参观。林鸣特向胡应湘先生介绍："我们在人工岛桥头安放四个青铜鼎，就是要寻找一种具备时代标志、能被三地接受、又能承载大桥精神和建设者寄托的美学视觉形象与象征。青铜鼎是中华民族的杰作，也是中国古代重要的礼器，安放在大桥人工岛上成为寄托祝福港珠澳大桥百年平安的象征。"

"漂亮！伟大！"胡应湘先生赞叹不已。

这是两代工程专家的第三次见面。1992年，林鸣在建设珠海大桥时听说了胡应湘先生的名字，仰慕之情便油然而生。2006年，为了探讨双方合作投资建设港珠澳大桥主体工程的可能性，林鸣受中国交建派遣带专业团队专程来到香港拜访胡应湘先生，两双大手首次紧握。2011年7月，胡应湘先生前来了解大桥建设情况时曾专程看望林鸣，对岛隧工程创举深予称赞。三次相见，两代中国工程专家情满世界超级工程。

历史亲历者与见证者双手相握的炽热与机遇，为时代留下珍藏，为历史铭刻印记。

历史机遇，相交而会，相映成趣。

2015年12月，港珠澳大桥岛隧工程工地上一位特殊客人来访，他是曾担任香港土木工程署署长的刘正光先生，这位被称为"香港桥王"的桥梁专家，曾主持设计建造了香港青马大桥、汲水门大桥和汀九大桥，这三座桥梁都在国际桥梁界享有盛名，刘正光先生由此荣获我国桥梁工程界最高奖"茅以升奖"。在来参观的前一天，他给林鸣打电话，询问参观隧道需不需要穿雨衣和水靴。林鸣心想眼见为实吧。第二天，虽没穿雨衣却穿着一双水靴的"桥王"，从西人工岛进入隧道，从第1节（E1）沉管入口处乘坐电动车到达第24节，他以专业的锐利眼光审视沉管隧道的每个细节。结果24节管节共192个接头，没有一点渗漏痕迹，整个隧道内既没有"雨"，更没有"河"，连水痕都没有。当与林鸣见面时，"桥王"握着林鸣的手，第一句话是，"沉管隧道没有不漏水的，没有想到你们的隧道能够滴水不漏。"第二句话是，"我们香港工程界要向你们学习。"

今天的会上，"桥王"以《香港桥梁美学设计理念与实例》发言：桥梁建设的"美"要从形式、协调、比率、比例等方面考虑。桥梁都是有庞大的体积，并建在十分显目的地方，对地理环境及公众观感都有很大的影响。因而桥梁的外貌和美观也非常重要，要高度重视桥梁美学和景观设计。他从香港实例到港珠澳大桥美的形象，再次不吝赞美之词。

赞美发自内心，人心所向，心折首肯。林鸣的手与"桥王"的手再次握到一起。

2010年9月8日，朱永灵在港珠澳大桥管理局第一次员工大会上以《我的一点人生感悟》为题的讲话中，这样勉励大家："我们都是来自五湖四海，为了港珠澳大桥这个共同目标，走到一起来了，这是一种缘分，让我们在自己创造的和谐环境中成就自我，成就伟业！"

弹指挥间，十四年奋斗融入大桥，梦圆人生。珠联璧合，中国建设者融汇世界智慧，成就伟业。

伟业属于时代。朱永灵不会忘记港珠澳大桥开通仪式结束后，习近平总书记巡览大桥，自己在东人工岛西侧平台结合图片、模型详细向总书记介绍大桥建设情况时激动的心情。

"港珠澳大桥的建设创下多项世界之最，非常了不起，体现了一个国家逢山开路、遇水架桥的奋斗精神，体现了我国综合国力、自主创新能力，体现了勇创世界一流的民族志气。"习近平总书记在接见朱永灵、林鸣等大桥管理和施工等方面的代表时这样强调。总书记深情地对大家说："我为你们的成就感到自豪，希望你们重整行装再出发，继续攀登新的高峰。"

"重整行装再出发，继续攀登新的高峰。"朱永灵在心里一遍遍默念总书记的话，激励自己永记嘱托。

放眼伶仃洋，海天一色，横无际涯。大桥屹立，丰碑天地，世界在胸怀。人生那些闪亮的节点，时代赋予的历史机遇，民族复兴、国家强盛的壮丽行程，一齐向朱永灵心中涌来——

奋斗不止，民族志气，勇创世界一流。

人心所向，珠联璧合，注定永恒于心……

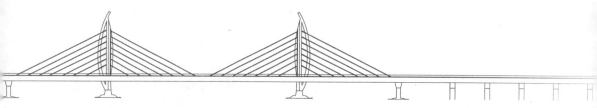

跋

这似乎是本书故事不是尾声的"尾声"。

时间回溯四十年。

1978年3月，我参加"文革"结束后恢复的首次高考得以迈入大学校门。大地春回，生机吐翠。更铭刻于心的，是中国历史乃至世界历史的一个特殊年份随着这春之声而健步到来：1978年12月18日至22日，中国共产党第十一届中央委员会第三次全体会议在北京举行，改革开放由此拉开序幕，中国迎来一个崭新的历史起始，世界将面对一个改变时代格局的新节点。

与本书中故事对应的，是胡应湘先生在广州首次提出修建广深珠高速公路的时间：这年底，深为国家新气象而备受鼓舞的胡先生来到广州，与时任广州市工商联合会主任兼引进外资办公室副主任梁尚立（后任广州市副市长）有一次对话——

胡：梁先生，我想投资，修一条连接香港、广州、澳门的高速公路，你看怎么样？

梁：高速公路？

胡：是啊。广州距香港不过一百几十公里，但现在交通极不便利。广州至澳门，行起来更难，光是轮渡渡口就把时间耽误了。若是在珠江口修上一座大桥，用高速公路把三地连接起来，走一次不过三个小时！

梁：（有如听神话似地瞪大了眼）那要花多少钱啊？

胡：依现在的物价，每公里约需要人民币600至1000万！

梁：（张大了嘴巴）哇！你知道国内的底子，怎么负担得起？

胡：这好办，我出钱投资，国家只出土地。建成之后采取收费过路的办法，偿还投资本息……

梁：少花些钱，修一条普通的公路行不行？

胡：（果断地摇了摇头）不行。中国不是要实行改革开放么，我看不用十年，珠江三角洲的经济就会腾飞。经济这种现象很怪，当它有了基础进入良性循环时，它就会突飞猛进。日本、韩国、新加坡如此，我国香港、台湾如此，珠江三角洲也会是如此。到那时候人均收入一千至两千美元，高速公路是必不可少的！

梁：我对高速公路不懂，但对你做的事有信心。我尽快把你的想法向市府汇报。①

这是原广州军区老一辈著名作家肖玉的长篇报告文学《惊回首——广深珠高速公路透视录》中记录的细节。特抄录于此，我想我们可以更好地感受笔者书中的人物故事，更深刻地认知改革开放给我们的生活、给我们的时代所带来的历史巨变。

我于1990年调入广州军区政治部文艺创作室，肖玉是创作室老主任，此时已退休。《惊回首——广深珠高速公路透视录》由解放军文艺出版社于1994年6月出版，为广深高速公路通车典礼赶制。拿到书后，肖老即送我一本，后来我陪他一起参加通车典礼，并在现场见到胡应湘先生。为本书，肖老采访的人物众多，特别是当时与交通相涉的广东省、广州市有关领导，他书中透视改革开放之初广东和国家的社会变迁因此广泛而深刻。肖老如今作古。2008年5月，我因写作有关作品，与曾兼任广深高速公路建设总指挥的广东省原副省长匡吉有一次深入访谈。我特意带上肖老的这本书，请匡老题写一句话。匡老接过书，沉思良久后挥笔写道："惊回首，无限风光在坦途"。

当说到胡应湘先生时，仅修建广深高速公路就与之交往十五年的匡老，感慨不已。他说："人创造历史，历史造就人。中国改革开放的历史成就，广东发展的历史巨变，是人的创造，是时

---

① 肖玉：《惊回首——广深珠高速公路透视录》，北京：解放军文艺出版社，1994年。原文略有改动。

代成就了一代代人。"

历史与人，一个永恒的主题。时代与成就、追求与创造，国家与个人、民族与精神，一个深长而广阔的历史思辨与创作凝想。正是在这样的人生行程与创作指向中，我走进了港珠澳大桥。

1992年，我曾一次次走进珠海，在当时称为万山区的多地与万山群岛间穿梭踏访，与当时创作室的同事一起写下了报告文学《蔚蓝色的呼唤》一书。此前，我与新华社广东分社、中山大学、暨南大学、华南师范大学一批年轻记者、教授在东莞各镇采访，对这一"世界工厂"随着改革开放大潮而声名鹊起的百万民工聚集之地，深入探讨其时代变迁、文明勃兴，后来结集出版纪实思辨作品《文明大跨越》。正是因该书中我写的首篇《新文明的浪潮》先期在新华社有关刊物刊出，被当时珠海万山区负责人看到，他才邀请我们前往，想从海洋文明这一角度思考并展望未来。那时，珠海淇澳大桥正在修建，伶仃洋上涛声已不依旧。历史机缘似乎也已埋下伏笔。

结束该书创作，武警广东省公安边防总队海警支队邀请我前往广东沿海边防采访。这支特殊部队担负广东4300余千米海防线上缉私缉毒、反内外潜逃、维护海上治安、保护水产资源等使命，而伶仃洋海域是特殊重要范围。当时该支队在珠海湾仔驻防一个大队，我的采访再一次次踏浪于伶仃洋海面。在这支部队组建二十周年的1993年8月，反映该部队历史与现实的长篇报告文学《海防风采》出版。

伴随改革开放行程，行走广东大地，不同环境与领域的深入接触、采访与认知，对改革开放时代主旋律的感悟日益强烈，这成为我生活与创作的路径，先后出版了反映广东移动电话十年发展的《跨越时空》、广州城市交通管理变迁的《神圣红绿灯》、"海归"创业广州的《海归南天》、广东"双转移"战略实施的《大地正兴旺》、广交会与改革开放昨天与今天的《逐梦世界》等长篇报告文学。改革开放的历史行程，一程程激起我的回眸与打望；生命脚步的每个足迹，一个个串起我的人生关切与持守。

这关切与持守即使随着职业转换，离开文学创作和新闻业界从事新闻教育后，一样激荡于心头。我把它转化为引导、锻炼学生认识、参与社会的实践行动，形成学生融入、投身改革开放的人生历练。从关注2007年深冬冰雪灾害而走出课堂开始，到两进甘孜、三赴喀什、六上林芝采访广东援疆援藏工作，从认识中国梦的"海疆万里行"，到寻访"东江纵队抗日英雄"，从"重走红军长征路"，到采访报道"一带一路"在亚洲、非洲的"广东故事""中国故事"，师生先后出版了《中国传媒：激荡与拐点》、《走进戈壁高原》、《东江纵队抗日英雄传奇》系列、《雪域苍穹》、《踏着红军的足迹》、《九十弦歌》等著作和开辟《非洲"非常道"》等报纸专栏。读万卷书而行万里路，从观世界到世界观，历史与人的永恒主题恒说恒新，改革开放的历史变革造就来人。

　　今年3月，我的研究生梁锡山出国前来家与我长谈。三年前他毕业时的工作选择就是直奔港珠澳大桥建设工地。我赞赏他的选择，同时与他有不断的交流。他在这里进步成长，大桥建设完成后，公司拟派他出国参与"一带一路"有关工程建设。他读研时我曾带他和学生们一起采访广交会。他这次专程来家，说起对大桥建设的亲历与感慨，似乎有备而来："老师，您来写一本大桥建设的书，一定会不一样。"

　　这话对我的触动也不一样。回望人生的思绪与目睹一代新人成长的心潮，相接眼前卷起千堆雪。似是机缘回应，难得有个放暑假的儿子，一个酷暑烹蒸之季相伴，异于十二年前创作《海归南天》，成长"海归"的感悟一同注入本书。

　　今年，改革开放迎来四十周年。我与改革开放同行，我与这一人类历史的波澜壮阔文明大潮一同向前，而今已步入花甲之年。采访中，朱永灵、林鸣等大桥建设管理者与我一样，都在改革开放之始考入大学，都亲历改革开放的历史行进，都在自己的职业与人生经历中沐浴着改革开放的雨露、阳光。我们相谈无碍，相通于心。他们无不异口同声感言：是时代赋予机遇，是时代造就人生。港珠澳大桥是时代留下的历史注脚，是改革开放与国家发展、"一国两制"与民族复兴造就的历史和人生纪念碑。

　　时势造英雄，英雄造时势。从当年千千万万民工南下广东，到今天港珠澳大桥的建设。从当年一代建设者渐近人生暮年，到今天一代新的中国梦追求者继往开来，民族复兴大业、中国梦圆，正如毛泽东在描述新中国即将诞生时所激昂抒怀的：它是站在地平线上遥望海中已经看得见桅杆尖头了的一支航船，它是立于高山之巅远看东方光芒四射喷薄欲出的一轮朝日。改革开放给中国、给世界带来的伟大变革，亦如恩格斯在论述欧洲"文艺复兴"时代所指出的："这是一个需要巨人而且产生了巨人的时代。"

本书是我为这一时代、为港珠澳大桥这一纪念碑留下的思考和感念。

谨以本书献给改革开放四十周年，献给我的花甲之岁！

感谢广东省委宣传部巡视员、文明办主任顾作义。当听到我准备创作此书时，他一如既往热情支持与鼓励，一次次热心电话让我想起当年创作《逐梦世界》时他所传递的真情。感谢广东人民出版社肖风华社长。电话里第一次听到我的创作思路，他立即相约，我们相谈甚欢，沟通而理解，他眼镜片后双眸闪智，说道：喻老师，你可以先预支一部分稿费。出版人，改革开放精神与气概培育的出版人，本书有幸，谢谢你们！所有接受采访的港珠澳大桥建设者们和给予本书支持帮助的人们，谢谢你们！

心桥永恒……

喻季欣

2018年11月12日于

珠江听涛处